Try Anything Once

新編賈氏妙探

之23 財色之間

賈德諾 Erle Stanley Gardner 著 周辛南 譯

目錄
Contents

Try anything once

出版序言

關於「妙探奇案系列」

當代美國偵探小說的大師，毫無疑問，應屬以「梅森探案」系列轟動了世界文壇的賈德諾（E. Stanley Gardner）最具代表性。但事實上，「梅森探案」並不是賈氏最引以為傲的作品，因為賈氏本人曾一再強調：「妙探奇案系列」才是他以神來之筆創作的偵探小說巔峰成果。「妙探奇案系列」中的男女主角賴唐諾與柯白莎，委實是妙不可言的人物，極具趣味感、現代感與人性色彩；而每一本故事又都高潮迭起，絲絲入扣，讓人讀來愛不忍釋，堪稱是別開生面的偵探傑作。

任何人只要讀了「妙探奇案」系列其中的一本，無不急於想要找其他各本，以求得窺全貌。這不僅因為作者在每一本中都有出神入化的情節推演，而且也因為書中主角賴唐諾與柯白莎是如此可愛的人物，使人無法不把他們當作知心的、親近的朋友。

「梅森探案」共有八十五部，篇幅浩繁，忙碌的現代讀者未必有暇遍覽全集。而「妙探奇案系列」共為廿九部，再加一部偵探創作，恰可構成一個完整而又連貫的「小全集」。每一部故事獨立，佈局迥異；但人物性格卻鮮明生動，層層發展，是最適合現代讀者品味的一個偵探系列。雖然，由於賈氏作品的背景係二次大戰後的美國，與當今年代已略有時間差異；但透過這一系列，讀者仍將猶如置身美國社會，飽覽美國的風土人情。

本社這次推出的「妙探奇案系列」，是依照撰寫的順序，有計劃的將賈氏廿九本作品全部出版，並加入一部偵探創作，目的在展示本系列的完整性與發展性。全系列包括：

①來勢洶洶 ②險中取勝 ③黃金的秘密 ④拉斯維加，錢來了 ⑤一翻兩瞪眼 ⑥變！失踪的女人 ⑦變色的色誘 ⑧黑夜中的貓群 ⑨約會的老地方 ⑩鑽石的殺機 ⑪給她點毒藥吃 ⑫都是勾搭惹的禍 ⑬億萬富翁的歧途 ⑭女人等不及了 ⑮曲線美與痴情郎 ⑯欺人太甚 ⑰見不得人的隱私 ⑱探險家的嬌妻 ⑲富貴險中求 ⑳女人豈是好惹的 ㉑寂寞的單身漢 ㉒躲在暗處的女人 ㉓財色之間 ㉔女秘書的秘密 ㉕老千計，狀元才 ㉖金屋藏嬌的

煩惱 ㉗迷人的寡婦 ㉘巨款的誘惑 ㉙逼出來的真相 ㉚最後一張牌。

本系列作品的譯者周辛南為國內知名的醫師，業餘興趣是閱讀與蒐集各國文壇上高水準的偵探作品，對賈德諾的著作尤其鑽研深入，推崇備至。他的譯文生動活潑，俏皮切景，使人讀來猶如親歷其境，忍俊不禁，一掃既往偵探小說給人的冗長、沉悶之感。因此，名著名譯，交互輝映，給讀者帶來莫大的喜悅！

譯序

美國有史以來最好的偵探小說

周辛南

賈氏「妙探奇案系列」，（Bertha Cool—Donald Lanm Mystery）第一部《來勢洶洶》在美國出版的時候，作者用的筆名是「費爾」（A. A. Fair）。幾個月之後，引起了美國律師界、司法界極大的震動。因為作者大膽的在小說裡寫出了一個方法，顯示美國人在現行的美國法律下，可以在謀殺一個人之後，利用法律上的漏洞，使司法人員對他無計可施，只好讓他逍遙法外。

於是「妙探奇案系列」轟動了美國的出版界、讀書界和法律界，到處有人打聽這個「費爾」究竟是何方神聖？

作者終於曝光了，原來「費爾」就是名作家賈德諾的另一個筆名。史丹利．賈德諾（Erle Stanley Gardner）是美國當代最著名的作家之一。他本身是法學院畢業的律師，早期執業於舊金山，曾立志為在美國的少數民族作法律辯護，包括較早期的中國移民在內。律師生涯平淡無奇，倒是發表了幾篇以法律為背景的偵探短篇頗受歡迎。於是改寫長篇偵探推理小說，創造了一個五、六十年來全國家喻戶曉，全世界一半以上國家有譯本的主角——梅森律師。

由於「梅森探案」的成功，賈德諾索性放棄律師工作，專心寫作，終於成為美國有史以來第一個最出名的偵探推理作家，著作等身，已出版的一百多部小說，估計售出七億多冊，為他自己帶來巨大的財富，也給全世界喜好偵探、推理的讀者帶來無限樂趣。

賈德諾與英國最著名的偵探推理作家阿嘉沙．克莉絲蒂是同時代人物，都活到七十多歲，都是學有專長，一般常識非常豐富的專業偵探推理小說家。

賈德諾因為本身是律師，精通法律。當辯護律師的幾年又使他對法庭技巧嫻熟，所以除了早期的短篇小說外，他的長篇小說分為三個系列：

一、以律師派瑞．梅森為主角的「梅森探案」；

二、以地方檢察官 Doug Selby 為主角的「DA系列」；

三、以私家偵探柯白莎和賴唐諾為主角的「妙探奇案系列」；以上三個系列中以地方檢察官為主角的共有九部。以私家偵探為主角的有二十九部，梅森探案有八十五部，其中三部為短篇。

梅森律師對美國人影響很大，有如當年英國的福爾摩斯。「梅森探案」的電視影集，台灣曾上過晚間電視節目，由「輪椅神探」同一主角演派瑞．梅森。

研究賈德諾著作過程中，任何人都會覺得應該先介紹他的「妙探奇案系列」。讀者只要看上其中一本，無不急於找第二本來看，書中的主角是如此的活躍於紙上，印在每個讀者的心裡。每一部都是作者精心的佈局，根本不用科學儀器、秘密武器，但緊張處令人透不過氣來，全靠主角賴唐諾出奇好頭腦的推理能力，層層分析。而且，這個系列不像某些懸疑小說，線索很多，疑犯很多，讀者早已知道最不可能的人才是壞人，以致看到最後一章時，反而沒有興趣去看他長篇的解釋了。

美國書評家說：「賈德諾所創造的妙探奇案系列，是美國有史以來最好的偵探小說。單就一件事就十分難得——柯白莎和賴唐諾真是絕配！」

他們絕不是俊男美女配：

柯白莎：女，六十餘歲，一百六十五磅，依賴唐諾形容她像一捆用來做籬笆，帶刺的鐵絲網。

賴唐諾：不像想像中私家偵探體型，柯白莎說他掉在水裡撈起來，連衣服帶水不到一百三十磅。洛杉磯總局兇殺組宓警官叫他小不點。柯白莎叫法不同，她常說：「這小雜種沒有別的，他可真有頭腦。」

他們絕不是紳士淑女配：

柯白莎一點沒有淑女樣，她不講究衣著，講究舒服。她不在乎別人怎麼說，我行我素，也不在乎體重，不能不吃。她說話的時候離開淑女更遠，奇怪的詞彙層出不窮，會令淑女嚇一跳。她經常的口頭禪是：「她奶奶的。」

賴唐諾是法學院畢業，不務正業做私家偵探。靠精通法律常識，老在法律邊緣薄冰上溜來溜去。溜得合夥人怕怕，警察恨恨。他的優點是從不說謊，對當事人永遠忠心。

他們也不是志同道合的配合，白莎一直對賴唐諾恨得牙癢癢的。

他們很多地方看法是完全相反的，例如對經濟金錢的看法，對女人——尤其美女的看法，對女秘書的看法……

但是他們還是絕配！

賈氏「妙探奇案系列」，為筆者在美多年收集，並窮三年時間全部譯出，全套共三十冊，希望能讓喜歡推理小說的讀者看個過癮。

第一章 代理人

在柯白莎辦公室裡一心自怨自艾地踱著方步的那位先生，根本沒有覺察到我走進這辦公室。

「我真是笨，」他說：「我怎麼能向自己太太交代？怎麼向認識的人交代，向我職位交代！太糟糕了！連想都不敢想，我——」

柯白莎打斷他的自語道：「任先生，賴唐諾來了。」

他看向我，一面繼續自言自語——根本不是向室內的任何一個人。

「看那一天晚上我自己做的事情，幾乎沒有一個神經正常的男人會幹出同樣的事情來的。柯太太，我一定是著了魔了。」

柯白莎把自己一百六十五磅體重的身軀，在她迴轉辦公椅上移動一下，手上的鑽戒在她移動的手勢下閃閃發光。「坐下來，讓你的腳休息一下。這位是我告訴過你，我的合夥人——賴唐諾。他會幫你忙的。」

「只怕世界上再也不可能有人解決得了我的問題了。紕漏出大了。這——」

「到底出了什麼事，任先生？」我在他不斷悔恨中插進話去問他。

「我倒楣，我鹵莽。」他說：「事情越變越糟，現在可要影響我整個生活了。曉要知道了，絕對承受不了的。」

「曉，是什麼人？」我問。

「我太太。」他說。

「坐下來，坐下來。」柯白莎說：「看在老天的份上你要安靜下來，把一切告訴唐諾。你不說，唐諾怎能幫你忙呢？」

任先生坐下來，但是他自怨過深，根本沒有辦法把自己意志集中。他說：「這種事根本不像我這種人會做得出來的。我——」

柯白莎轉向我，像是回答我在問他的話。「他帶了一個便宜馬子去了汽車旅館。」

「不是，根本不是這樣的。」任先生說：「她不是便宜馬子。這一點，你要相信我，柯太太。」

「好吧，不是發賤的馬子，是什麼？」

「她是個非常好的女士。好看、脾氣好、思想開通；身上裡裡外外都現代化，而且與眾不同，絕對不能用金錢來交換——交換她的——隨便。」

「哪一家汽車旅館？」我問。

「親親汽車旅館。」白莎道。

「是專供短時休息那一種，對嗎？」我問。

「老天，不是的！高級得很的。有游泳池、房間好、通訊設備好、每間房有電視，冷氣是中央系統的，每間房可自己調節。」

「怎麼會選中那一家的？」我問。

「是她建議的。她有一次參加一個會議，住過那一家。」

「所以你帶她去那一家？」

「其實，也不完全如此——我不會做這種事的，賴先生。但願你能瞭解我。」

「瞭解個屁，」白莎不耐地衝口而出，「他是在想瞭解你，是你不讓他瞭解。」

「把女人的事先講。」我說：「你怎麼碰到她的？你認識她多久了？」

「我認識她有幾個月了。」

「很熟？」

「不——不！不！我真的希望你能瞭解，賴先生。」

白莎倒吹冷氣，想說什麼，又自己改變了主意。滿臉的厭煩。

我做手勢叫她保持別說話。

「夏濃，」他說：「貝小姐——是酒廊的女侍。我常去那家酒廊飲酒。」

「女侍有很多種，她是哪一種？」

「可以說是領班。她領檯，管訂位，指定什麼人去招呼什麼人，看客人要什麼有什麼。她也對全酒廊照拂。」

「好吧，」我說：「你把她帶去旅館，是不是被逮住了？」

「不是，不是，你不瞭解，賴先生，這件事不是如此發生的。我怕……怕整件事會引發很多的不良後果。我希望有人能幫我扛一下。不過我保證，我不會過河拆橋，我會在後面並肩作戰的。」

「你現在才開始說真話。」我說：「你想怎麼樣？」

「我希望有人肯——」

「倒不如你先說發生了什麼事，怎麼會出事，」白莎說：「然後我們再來討論該怎樣作戰。」

任先生說：「賴先生，我喜歡女孩子。我不會放蕩不檢，不過我喜歡女性的友情。」

「夏濃很漂亮？」我問。

「太漂亮了。姿態好、冷靜、有效，她走路的樣子——有一點……」

「搖屁股。」白莎替他說完。

「不，不，不是搖屁股，是搖曳，有韻律，有波動的。她走路像游泳。」

「說下去。」我說。

「好。我很會欣賞女人的外表。當我喜歡她們，我——這是天性，我抗拒不住……」

「她們的身材？」我問。

「是的，是的，身材。」

「大腿。」白莎加一句。

「是，我很在意。」任先生說。

「好吧，你開始欣賞貝夏濃的步姿，你就——」

「不，不，不是那麼直接。我注意到她的衣服、她的髮型。她每一件事都精心設計過！我——我欣賞她的前前後後。」

「上上下下。」白莎又加上一句。

「經過不少次的接觸，終於她開始肯坐到我桌子旁來聊幾分鐘。有時大家聊得很開心，如此而已。」

「不過你們一起去旅館。」我說。

「那只是那麼一夜。」他說。

「發生什麼事了？」

「我在辦公室加班加晚了，太太在雷諾探望她媽媽。她每年要回去兩次，我就相當自由。」

「所以你去那酒廊？」

「是的。」

「那天已經很晚了？」

「是的。」

「生意蕭條？」

「不怎麼好。」

「夏濃又過來坐檯子？」

「是的。」

「你們就談到她的工作、她的野心、她的外表，說她應該去做電影明星？」

「沒錯，沒錯，沒錯。」他說：「你怎麼全知道的，賴先生？」

「我只是依你在說的推理猜猜。」我說。

「大概情況嘛，就是如此。結果發現她上班前沒吃東西，下班前又不可能吃東西。」

「下班什麼時候？」

「晚上十一點。她總是在上班前隨便吃一點，下班後的一頓才是每天正餐。」

「所以你邀她十一點以後和你一起去吃飯？」

「是的。」

「你們去哪裡吃？」

「去一家匈牙利餐廳，專做碎肉菜色出名的。她介紹去的。」

「那麼是她認識的餐館？」

「是的。」

「你去過嗎？」

「沒有。」

「知道嗎？」

「沒聽到過。」

「好，吃完了你開車送她回家？」

「她自己有自己的車子。」

「你們離開酒廊時，用兩輛車？」

「不是，我開車帶她去餐廳，我們回家——我是說我又帶她先回酒廊附近的一個停車場——她停車的地方。我無目的地先遊一下車河，兜兜風。我們上了穆黑蘭道，我們眺望整個城市的燈光。我把車停下，我……反正把我的手放在她座椅靠背上，我把她拉近我一點，我說了些什麼，她抬頭看我——我吻了她。這些在那時都是極自然發生的而已。」

「又如何？」

「這樣相安無事很久，我們又再接吻。之後，我們真正的接吻——這時我有點覺得事情進行得太快了，她說到親親旅館，說是一個極好所在，這時候我們離親親不遠，我就只是發動車子過去——她看到我停車在那裡，並沒有反對——我發現箭已在弦上——除了射出去，已經沒後退的路了。」

「是你去登記的？」

「她很熟練，她說假如我給她錢去付房租，她可以去登記。」

「她有沒有說應該登記成夫婦？」

「沒有，你該知道，那個時候我們……反正我們互相急切有需要，她匆匆進入旅館……」

「你先給了她錢？」

「是的。」

「多少？」

「二十元。」

「房間費多少？」我問。

「十三元。」

「找回來的七元她還你了？」

「當然，當然。老天，賴先生，我希望你不要用有色眼鏡來看這件事。這不是金錢交易。那使整個事件看來下流了。」

「我只是要弄清真相。」我告訴他，「之後又如何？」

「你至少可以猜想一下。」白莎給他加一句。

任說：「她回車來告訴我，說她對職員表示，她和她丈夫自舊金山開車過來，已經很累了，想要個安靜的好房間，她登記好了，一點也沒被懷疑。」

「登記用什麼名字？」

「浦加同。」

「她怎麼會正好想起這樣一個名字的？」

「這——這本身有一個故事。她說她曾經有一次聽到過這個姓，這個姓對她很陌生，不知怎樣想起舊金山就聯想起了這個姓。既然在登記時說自己來自舊金山，於是她就登記了浦加同。」

「當然她也登記了汽車車號？」我問：「汽車旅館對這是很重視的。」

任說：「這一點她玩得很漂亮，她開始沒想到，當他們看到登記證這一欄是空白的，交還給她的時候，她本想隨便填一個號碼，她向窗外望去，門前停著一輛車，她就把那車牌改了個號碼寫了上去。」

「這些都在哪一天？」我問。

「星期六。」

「前天囉？」

「是的。」

「好吧，」我說：「那位小姐回來，告訴你你是浦先生，她自己是浦太太，你們一起找到那租給你們的房子。又如何？」

「我們不是自己找到那房子，是僕役帶我們去的。」

「好吧，僕役帶你們去，你給小帳了？」

「是的。」

「多少？」

「一元。」

「你們沒有行李？」

「沒有。」

「僕役知道嗎？」

「不知道，我告訴他，過一下我自己會把行李從行李箱拿出來，我們只要他帶路找房子。」

「你認為這一手騙得過他？」

「至少他沒表示出有什麼不尋常。」

「他不會的。」我說：「說下去，發生什麼了？是不是你們進了旅館，你們被逮住了？」

「不是，我們沒有，不過——喔！太糟糕了，這件事會把我前功盡棄了。這——」

「閉嘴！」白莎說：「不要老嘮叨這件事，你直接告訴唐諾你想怎麼辦。辦正經事要緊。」

「好，我要你來做浦先生。」

「怎麼？」我說：「你要我去做浦加同先生？」

「是的。」

「為什麼？」

「我要你和夏濃去那裡，由你來做浦先生。」

「我還要和貝夏濃一起去？」

「是的。」

「什麼時候去？」

「今晚，越快越好。」

「這件事夏濃有什麼意見？」

「她是好人，她知道我的困境，她會合作的。」

「你到底有什麼困境？」

「這是很特別的情況。事實上，賴先生，你要明白，在旅館裡什麼也沒發生。」

「什麼也沒發生，是什麼意思？」

「我們兩個吵架了。」

「為什麼吵架？」

「老實說，我也不明白。我做錯了一件事，要了一瓶威士忌。我們叫他們送進房裡來，兩人開始喝酒。我開始——好吧，她說我毛手毛腳——我們再也不能重拾汽車裡那種情調。那個時候是自然的，這個時候相當勉強。她說了重話，表示最不喜歡被人毛手毛腳，她說她不反對平等開放的性關係，她不喜歡亂來——她甩了我一耳光，我很火，她站起來走了出去。我等她回來，她一直沒回來。事後我知道她叫了一輛計程車，走了，回家了。」

「於是你怎麼辦？」

「我等了一下，一定是睡著了。醒過來我相當惱火。我上車，把車開回家。」

「既然沒事，又緊張個什麼勁？」

「那件謀殺案。」他說。

「什麼謀殺案？」

柯白莎道：「那是上個星期六，那一晚龍飛孝被謀殺了。」

「那個頭部撞到什麼，死在游泳池裡的？」我問。

白莎點點頭。

我沉思一下道：「那發生在他說的附近一家汽車旅館裡，是嗎？」

任說：「沒錯，報紙不作興登出汽車旅館名字的，他們說是一家豪華汽車旅館而已。不過有一家報紙刊出名字來了……報紙的政策就是如此，發生自殺或兇殺就避開姓名，給自己讀者一個市區內某豪華旅館。發生事端在高級汽車旅館也是如此。」

我對任先生說：「好了。告訴我出了什麼事？」

「警方急於要和當晚旅館這一側，每個房子的住客談一下。警方認為可能有一個人會知道什麼動靜。謀殺是必須要偵破的案子，是重案。龍飛孝是助理地方檢察官，他正在調查另外一件大的謀殺案。他的死因可能是意外。那一晚游泳池裡沒有水。他們每星期換一次水，龍飛孝有可能喝了點酒決定跳到池子裡泡一泡，卻把頭撞到了水泥地上去。再不然他可能被人在頭上猛敲一棒，跌進了空的游泳池。

「說是意外吧，很多事說不通。假如是謀殺，案子是非破不可的。

「昨天報上有一則新聞，說是警方已經拿到當晚在這汽車旅館每一位住客的名單，準備一一約談，要問他們當晚可有什麼見聞與本案有關的。有的住客來自紐約，但是仍在召還中。」

「原來如此，」我說：「警方當然正在找一位住在舊金山，有地址的浦加同夫婦，結果發現地址是假的。」

「正是如此。」他把頭低下來。

「好了，你現在要什麼？」

「我要你今晚和貝夏濃去那裡。我打電話給旅館，告訴他們我是浦加同，叫他們把房子留下，我們只是快速地去一下聖地牙哥就回來。我用專送寄了二十六元給他們。那房子現在是有住客的。當天的住客既然會在短期內回來，當然他們不會去查舊金山的假地址了。他們會認為我們只是開車在旅行而已。

「我要你和夏濃回那裡去。夏濃再去辦公室拿鑰匙，那櫃檯職員會記得她的。當初他們一定會把我的電話留言告訴警方，警方多半會立即來拜訪你。」

「拜訪又如何應對呢？」

任先生說：「我安排得好好的。警方志在破案，對週末稍有越軌的男女，他們無意追究。他們只要找到週六在那裡的每一個人，別的他們無意浪費時間。你告訴他們，在週六你們兩個吵架了，今天她要補償你。如此而已。」

我搖頭，「不幹，」我說。

「什麼意思你不幹？」

「我是說殺掉我也不幹。」

「你聽著。」任說：「我知道這要擔不少風險。我也不會叫你白幹，我告訴柯太太我付一千元讓你來扮我這個角色，時間只是一個晚上，告訴警察那週六之夜你既沒聽到，也沒看到任何動靜。這也是事實，因為我既沒有看到，也沒有聽到任何動靜。你——要明白，警察根本也不認為有人會聽到或看到任何動靜。他們只是依常規辦公，一定要和當晚在場每一個人談一談，而我正好不合適給他們約談。」

「你到底是什麼人？」

「任加同。」

「幹什麼的？」

「投資事業。」

「你去投案。」我說：「請求私下詢問。讓他們問你問題，讓他們問夏濃問題，就會一切困難都沒有了。他們不會影響你私人問題，他們只要知道實況。你不會有麻煩的。」

他猛搖他的頭，「情況不那麼簡單。要不然我不會出一千元。賴先生，一千五，怎麼樣？」

柯白莎突然在椅子上挺身，貪婪的小眼在發光。

「有什麼特別原因？」我說：「為什麼一開始你不去警局，而要找私家偵探？」

「我太太。」他說。

「太太怎麼樣？」

「我太太是蓋曉曉。」

「蓋曉曉，」我說：「我不明……」突然我停下來。

「老天！」白莎說：「你是說蓋莫明的女兒？」

「正是，」他說。

「蓋大戶，有那麼多用不完的鈔票，有什麼問題不能解決的，」白莎道：「他可以──」

「他可以把我頭剁下來。」任加同插嘴道：「他不喜歡我，從來也沒有喜歡過──這件事會把我踢出蓋家──喔！我為什麼自己會笨到鑽進這樣一個困境去？我一輩子也沒幹過這種窩囊事。我以前有過麻煩，但這次是大難，會死人的！」

我對白莎搖頭說：「這件事我們碰不得。」

「你再研究一下。」白莎說：「唐諾，你是天才。每一次你真想幹的話，你總有些古靈精怪的念頭可以達到目的的。」

「這件事我不願意幹。」

白莎怒目地瞪著我。

我站起來要走出去。

任加同叫道：「不要走，等一下。一定有解決辦法的。」

我說：「你為什麼會到這裡來找我們的，任先生？」

他說：「夏濃只肯和你一個人演這齣戲。」

「夏濃認識我？」我問。

「有人把你指給她看過。」

「什麼時候？」

「你在雞尾酒廊的時候。」

「這樣看來，夏濃在雞尾酒廊做女侍應生？」

「是的。」

我說：「我們還是不能幹。」

白莎說：「任先生，你出去走走。你到外面接待室去坐五分鐘，讓我和唐諾聊一下。」

我對白莎說：「沒有用的。白莎，我……」

任加同敏捷地站起來，「我過五分鐘再進來。」他說，一面已經出去把門關上了。

白莎生氣的眼光像一把劍地看向我，「一千五百元工作一個晚上的好生意，你要隨便讓他溜走！」她說：「再說，我打賭那個女人是隻騷貨。你……」

「白莎。」我說：「這是件燙手的謀殺案。我們被人僱來做一個誤導警方注意力，使警方走入歧途的工具。我們把自己的小辮子完全交在貝夏濃一個人的手裡。隨便什麼時候，她告訴警方一點事實，我們執照就被吊銷。隨便你，你要不要有一個酒廊侍應生捉住你小辮子，你隨時可以關門，回家吃老米飯？」

白莎的小眼睛眨呀眨的，她在仔細考慮。

「為什麼突然小心起來。」她說：「你常說活在世界上，每件事都值得試幹一次。為什麼這件事不可以試幹一次？」

我搖頭，「這任加同，」我說：「也許真是蓋曉曉的丈夫，不過他不是正經人，也沒有把所有背景完全告訴我們——只是想用錢來買。」

白莎嘆口氣，拿起電話，對接線小姐說：「那個任先生，在外面等的，叫他進來。」

任加同一聽到傳呼立即進來，期望地看向白莎，看到她的臉色，又看向我，一副可憐相。

他把門關上，一屁股坐進椅子裡，他說：「從你們臉上，我知道你們不想幹。為什麼不肯幫我一次忙呢？」

我說：「因為我們愛莫能助。不能幫忙，不是不肯。」

「這樣好了，賴先生。」他說：「告訴你一件大事，所有人都不知道這件事，我的太太她已經沒有多少日子可以活下去了。我大概會接受近兩千萬的遺產。賴先生，你替我辦好這件事，我包你們公司今後有做不完的高級生意。」

柯白莎的身體在椅子中移動，椅子在吱吱地抗議。白莎看向我。

我說：「我告訴你我怎麼做，任先生。我會再鄭重研究你的開價。假如我幹，我要以我的方法來幹，不是你的方法。我們要一開始就大家說明白。照你所說，你只要求警方不知道你就是那晚的浦加同，是嗎？」

「是的，我要他們認為他們已經找到浦加同夫婦，而把這兩位自洽談名單中除名。」

「只要我辦到這一點，不論我是怎麼樣辦成的，你都認為滿意了，是嗎？」

「喔！賴，」他自椅子中跳起：「你是救命活菩薩！你——你不知道這對我有多大幫助，等於是死裡逃生。」

「這件事你和貝夏濃提過？」

「有。」

「用電話和她聯絡，」我說：「我要和她談談。」

他自身上拿出一本小電話本，白莎把電話拿起來先撥通外線。任先生用他那根顯得粗短，但修剪得非常整齊的手指撥著外線電話號碼。

過了一下，他說：「哈囉，是夏濃嗎？猜猜看是什麼人……沒錯。你聽著，我現在正在那兩個偵探的公司裡。賴唐諾要和你說話。」

他把電話交給我，我接過電話，我說：「哈囉，夏濃。」

她的聲音很冷淡，不過很好聽，「哈囉，唐諾。」

「你是不是瞭解任加同想給我的工作性質？」

「瞭解。」

「你願意照計劃去執行？」

「和你，我願意。我絕不願意和任何一個人去玩這把戲。和你，我願意。」

「為什麼我可以？」

「一個禮拜之前，我見過你。你和一位年輕女士在我的地方喝過雞尾酒。」

「那個時候你知道我是什麼人？」

「有人指著叫我看你，說你是偵探賴唐諾。」

「那可不太好。」

「為什麼不好？」

「偵探要沒有人認識，偵探不該突出，不要別人知道自己是什麼人。他應該躲在幕後。」

「唐諾，」她說：「這一點你沒有做到，我不自禁地一直在看你。」

「為什麼？」

「因為你表現得非常紳士。」

「哪一點？」

「那和你在一起的女人深愛著你。你是一個紳士。你沒有……喔，我弄不懂。你照顧她，你……很不錯。你沒藉機佔她便宜——你本來可以要怎樣便怎樣的。

「所以當別人問我肯不肯和一位私家偵探合演一齣戲的時候，我就脫口而出，世界上只有一個私家偵探我肯和他合演——那就是你。所以唐諾，我們兩個不要弄錯了，我們只是工作，純賺錢，完全沒別的，知道嗎？」

「知道。」我說。

「那汽車旅館裡有兩張床。兩張床都會被佔用——你要乖乖地睡自己的床，再做一次紳士。」

「勉力而為。」

「才乖。你要不要到我這裡來，再談一談？」

「談什麼？」

「遊戲規則。」

「說一兩條聽聽。」

「聽著，唐諾，我不願意坐著相對無話一個晚上，我也不願意兩個人吵一個晚上。一切活動，在我說停的時候就停，就如此——你懂嗎？」

「我試著遵守。」我說。

「一個人來！」她說。

「我們等一下見。」我告訴她。

我掛上電話，看向任加同。

我說：「給我們兩千元，另加一切開支，我就代理你。開支會相當高的。你的目的是——你不是謀殺案發生那晚出現在親親旅館的浦加同——如此而已。我怎麼做到，不是你的事，對不對？」

「完全正確。」

「我們白紙黑字寫下來。」我說。轉向白莎，我又說：「叫打字小姐進來，把這句話打下來，叫他簽字。」

「你要去哪裡？」白莎問。

「出去。」

我走向房門，一面說：「白莎，兩千元要收現鈔。」

我想像得出白莎雖是滿臉生氣，但這一點錯不了。

第二章　助理地方檢察官之死

我的秘書卜愛茜說：「早上白莎吃錯什麼藥了？」

我笑笑道：「一個男人在她辦公室裡，是個蛇蠍白馬王子。他用十七國語言在自怨自艾，包括阿比西尼亞文。」

「你要幫忙他從困難中脫出？」

「有可能。」

「是不是有危險性，唐諾？」

「沒準，」我說：「這件事和上週六夜裡龍飛孝的死亡案有關，我還可能一定要和一位漂亮妞，一起在汽車旅館的一間房子裡耽上一晚。你把龍飛孝那一案的剪報拿來我看看。」

她臉變青起來：「唐諾！」

「事實上這件好差使是你促成的。」

「怎麼會？」

「記得我們兩個去薊花酒廊嗎？」

「是的，什麼不對？」

「有人在那裡見到我們，認為我們是很理想的一對。」

一陣紅雲泛上她顏面。

「而且認為我是標準紳士。」

「憑什麼，唐諾？」

「想來是因為我並沒有毛手毛腳。」

「在酒廊裡？你會毛手毛腳？」

「可能有的男人會的，不過很明顯的，我連毛手毛腳的念頭也沒有。那個女人對這一點很敏感。」

「所有女人都這樣的。」

「什麼叫毛手毛腳？」

「兩隻手不安份。」

「你是說男人帶女人出去的時候，兩隻手應該都放在口袋裡的？」

「那倒不，當然不是如此說的。不過……」

「不過什麼？」我問。

「完全依男方來說，」她說：「到底是毛手毛腳，或者……」

「或者什麼？」

「或者漠不關心。」她說，突然，她正經起來：「我去給你把龍飛孝案子剪報拿來。」

「好，」我說：「我們來看它一看。」

當我在觀看愛茜拿給我一大包龍飛孝案子的剪報時，我瞭解警方面對的是一件完全沒有線索的無頭案，但是這是一件非破不可的重案。

龍飛孝是一位年輕的助理地方檢察官。他在不少重大疑案中有過很多的表現，已經為自己建立了不少聲譽。

在他猝死的時候，他正在起訴葛史旦和寇瑪蓮，說他倆謀殺了葛史旦的太太。葛史旦聲稱殺死他太太完全是意外；他說他和他太太吵架，他太太威脅地揮舞一支點三八的左輪鎗，向他瞄準說要殺死他；他想把鎗自她手中拿走；她射出一鎗，正好擊中他手臂；他抓住手鎗，試著自她手中扭下來，手鎗不幸走火。

葛史旦的故事，警方初步倒很相信，但是後來在對證的時候，發現他的情婦寇瑪蓮，當時也在兇案發生的現場。而爭吵的原因，則起於葛史旦想要離婚，但是葛太太堅決不肯同意。警方聲稱葛史旦是預謀地謀殺了他妻子，事後再請情婦寇瑪蓮仔細把鎗湊好位置，把他的手臂射傷的。在這樣一個兩不相讓的說法之下，葛堅持不再回答警方的任何問題，而找了律師代表他。

葛史旦即將受審。龍飛孝替檢方在蒐證，他是代表檢方的律師。現在龍飛孝死了，檢方有點措手不及，警方視此為一件非破不可的案子，辯方律師則鬆了一口氣。

即使龍飛孝的死亡是意外，也對這件滿城風雨的案子會有很大的影響。而假如龍飛孝的死亡是謀殺，牽涉就會很大很大，警方會面臨無止無休的考驗，因為謀殺的動機必須要弄清楚。

案子本身倒很簡單，沒什麼看頭的：

週日清晨五時的時候，親親汽車旅館的看門人發現游泳池的底上有什麼東西。仔細一看，是一個穿著完整的人躺在游泳池的池底。

早在週六的下午十時半，池水被放掉，池底也經清洗乾淨。在一點鐘，水龍頭被打開，游泳池進新水。

在清晨三時，游泳池新水放滿，進水龍頭自動地關閉。

發現屍體的看門人立即報警，並報告所謂旅館「安全部門」。旅館的「安全部門」實際上只是一個旅館偵探。這位偵探名叫董禮佛。董禮佛曾是地方檢察處的一位探員，他是因案撤職自警方退下後，轉服私家偵探來旅館上班的。

我反覆研究剪報上所得的案情，越看越覺得我不喜歡接手這件事。

第三章 遊戲規則

下午這種時候，雞尾酒廊裡沒有什麼生意。飯前來點雞尾酒的時候未到，下午購物、憩腳或是吊馬子的時間，則是已經過去了。

我走進去，停下來休息一下，以便使眼睛習慣於光線突然變成昏暗。

在收銀機的上方吊著一盞吊燈，所以吧檯倒是相當明亮的。紫色的光線照在櫃檯樣的桌子上，使人有月光的感覺。四周的卡座，對一個剛從日光明亮街上走進來的客人，是完全看不到的。

她滑動地自我身邊出現前，我根本沒有見到她。

「賴唐諾？」她說。她的聲音本身就低而悅耳，有如輕輕地在撫摸。

「夏濃？」我問。

「是的，你是來討論遊戲規則的？」

「買杯酒喝不行嗎？」

「不買酒也不會和你聊天呀！」

「能替你買一杯嗎？」

「不行，違反規定，我是領班。」

「我們在什麼地方談？」

「跟我來。」

她帶領我來到遠端一角的卡座。卡座設計得非常妙，好像和酒廊能完全脫離關係似的。

「你想喝什麼，唐諾？」

「來杯大號阿爾捧斯。」我說。

「好，我去拿，自己給你送來。給我一元錢，唐諾。」

我給她一元。

「酒保是個不錯的傢伙。」她說：「他會把酒調好，我該回來的時候，他會給我信號的。你儘管舒服地在這裡休息好了。」

我在軟軟的皮沙發墊上舒服地坐定。

等到夏濃帶著阿爾捧斯回來的時候，我的眼睛已經完全適應了酒廊裡的光線，我可以看清她的樣子了。

她是個高䠷、長腳，身材非常美妙的女郎。眼神冷冷的，看起人來專心固定，像是在鑑評一件貨品。

她把阿爾捧斯放在一個銀盤上，彎下腰來，快速地自肩頭向後看一下，把酒杯放在桌子的一角上，移動著在我身旁坐下 來。

「唐諾，」她說：「我有點怕。」

「怕到什麼程度？」我問。

「倒也沒什麼一千元現鈔克服不了的程度。不過我怕——也是實情。」

「這件事裡，你的好處是一千元？」我問。

畫過的眉毛變成弓形，「唐諾，你不知情？」

我搖搖頭。

「唐諾，你知道什麼？」

「什麼也不知道。」我說：「除了一千元這件事之外。」

「不要這樣。」

「不要怎麼樣？」

「我在問你，希望得到一點消息的時候，不要這樣。」

「也許我們兩個彼此把知道的說一說。」我說：「你先告訴我，為什麼要選我出來為這件事工作？」

「因為我喜歡你。像我這種上班女人，訓練好一雙看得透男人心思的眼力。你幾天之前和一個女孩子到這裡來過一次……那個女人是什麼人，唐諾？」

「朋友而已。」

「她……她眼光一直在看著你。你又是如此的紳士，對她好，一切為她設想——反正每件事都關心她……告訴我，唐諾，女的是不是別人的太太？那是不是一種婚外情？」

我說：「我們現在來談，主角應該是你。」

「當然，不過我對你也應該有點瞭解。」她有技巧地回答：「到底是我——要和你共度一個漫長的夜晚。」

「是你提議先討論遊戲規則的。」我提醒她。

「那可以等。」她說：「我先要知道我要冒多少險。」

「冒多少險要看情況而定。」

「什麼情況？」

「看你知道多少。」

「唐諾，」她說：「我什麼也不知道。我走進旅館，旅館裡職員看我看得很清楚。我相信那職員會告訴警察，在再見到我的時候，他一定認得出我。

「這件事使我一點辦法也沒有，因為我不能把現在的工作拋掉。隨便哪一天，早晚警察會找到我，到時我沒有任何理由來解釋。」

「又怎麼樣？」我問。

「於是，」她說：「因為有一千元現鈔撐我的腰，說什麼我都願意現在冒一點險。」

「你是指哪一方面？」

「你不知道？」

「只是一個輪廓性的。我還是希望你再說一遍。」

「據我所知，警方會查登記的名冊，然後一個個依地址去查。對我們這一對，他們會查不到地址，查不到人。也許查到地址，人不對，住在那個地址的人整個週末都沒離開舊金山。

「於是他們會查我寫在登記上的汽車牌號碼，號碼又不對。也許車號的車子是奧斯摩比，車主週末都在西雅圖。於是警方知道這一對住旅館的男女，留的是假名假地址。我登記在冊子上的車子是凱迪拉克。」

「為什麼是凱迪拉克？」我問。

「因為那是我從櫃檯抬頭看向窗外第一部看到的車子。那是部凱迪拉克，它號碼是ＶＧＨ五三五。所以我把Ｇ換成Ｃ，寫成ＶＣＨ五三五。」

「既然警方會知道那登記是假的，」我說：「你想，他們會不會開始調查所有凱迪拉克車牌和你登記相近的？」

「不會。」她說：「他們會認為我只是隨便寫一種車子，編一個車號——其實假如我不是抬頭正好看到窗外停著四、五部車子，其中有一台正好看得清號碼，我不也只好隨便編一個號碼嗎？」

「好，」我說：「從這裡說下去，我們下一站幹什麼？」

「下一站，」她說：「我們一起去那汽車旅館，由我進去要鑰匙。職員會通知警方，說是那一對那晚住在這一個房子，付了錢要從聖地牙哥回來再住那個房子的夫婦，已經回來了。我們進房子去，喝它一兩杯酒，警察就會來到。他們會問我問題，我表現的是墮落天使，你表現的是凱子。」

「你願意這樣做？」

「我願意冒險到此為止。」她說：「要知道沒有人會相信在酒廊裡工作的女人，是個聖潔的天使。我是混出來的。我結過婚，離過婚——反正我是真正在混的。」

「這樣做，會不會使你在這裡不能再工作下去？」我問。

「老天，不會。」她說：「相反的，這種地方的老闆都希望在這裡工作的女人有點邪惡的氣氛，這一點完全不成問題。」

「哪一點又有問題呢？」

「警察會怎麼做？」

「你想他們會怎麼做？」

她說：「我會告訴他們我的故事，我會直接了當告訴他們，我們沒結婚，但是在度蜜月。」

「告訴我，真正發生的是什麼情況？」

「這個和我在一起的男人，我只知道他名字叫加同。」

「不知道他姓什麼？」

「不知道。」

「你認識他多久了？」

「我在這裡遇到他——噢，也許十多次吧。」

「你一直對他不錯？」

「我有的時候陪他聊聊，有兩三次生意清淡時，我就坐在他桌子旁聊。」

「後來如何發展？」

「這一個星期六他自由了，我看得出。也不必問我怎麼知道。我一看到他，就知道他當天可以自由。」

「以前沒有過？」

「這是第一次。唐諾，我真的一看就知道。這個傢伙有太太，這一天他太太出門了。看朋友、回娘家，反正他自由了。」

「你呢？」我問。

「好吧，」她說：「我也正好自由。我一直有一個相好，一個月之前我把他甩了——我正好空著——下班只好回公寓，我相當寂寞。」

「又發生什麼？」

「事情是一件件發生的。加同邀我吃晚飯，我自願跟他去，想來喝一兩杯酒，吃頓飯，如此而已。我也只是如此想。」

「他的心思是怎樣的呢？」

「他要儘量利用機會，照單全收的。男人都是如此的。男人不到完全走投無路是不會退卻的，你總不會說我不對吧。」

「我沒意見。」我說：「我只是在問你的意見。」

「好吧，我已經把我的意見告訴你了。事情也是依此發展的。」

「於是你們出去吃飯？」

「是的。」

「又如何？」

「他本來要用車把我載回我車子泊著的地方。他說他要開車走上穆黑蘭道，問我有沒有意見。」

「你應該懂這意味著什麼？」

「老天，唐諾。我當然懂這意味著什麼。這傢伙會停下車來下望著萬家燈光，然後把手伸到我肩後，把我拉近他一點，想要吻我，看我能接受他到什麼程度，他的手會不斷移動，看我什麼時候阻止他。」

「你認為可以？」

「當然這沒有什麼不可以。我是個女人，不過我隨時可以高舉禁止通行的牌子，以我的標準為準，他的不算數。」

「之後又如何？」

「我們去那邊，坐著看燈光——信不信由你，唐諾，這傢伙人挺不錯的。他一點也不粗暴。他只是坐在那裡看燈光，聊聊天。突然我覺得我喜歡他了。」

「又如何？」

「他轉向我在說一些事。我故意把我的頭轉向他，把自己的頭放在一個合適的位置，他正好低下來就吻起我來。」

「是他低下來吻你的？」

「當然是他主動，有什麼分別？我四門大開，這傢伙是木頭呀？」

「此後發生什麼了？」

「此後發生的——也可以說是此後沒有發生的，還真是使我對他產生好感。他並沒有趁我對他好感時佔我便宜——急急忙忙像別的男人一樣生怕我反悔，又怕趕不上火車。他抱抱我，吻吻我。我倒願意他有所動作，我已經讓他上了一壘，他應該可以盜二壘了，但是他沒有。」

我說：「如何？」

她說：「他人真好，他適可而止，他沒有動手動腳，他什麼也沒做，只是發動車子。」

「之後呢？」

「之後我倒奇怪了。我一直以為車子停下之後，我會隨時準備禁止前進的信號，但是他這樣，使我——使我……」

「有點失望？」

她猶豫一下，「不是，不是失望。」她沉思地說：「我反倒自己在研究自己了，老實說，唐諾，我還是第一次碰到像這樣的情況。」

「說下去。」我說。

「他開車下山，一路儘量像個紳士，突然，車子一轉，他開進了一個汽車旅館。那個旅館，不久前我們提到過，我曾經在那個旅館裡開過一次廣告公司的會議。我告訴他我在那裡參加過一個酒會，在游泳池裡游過泳，說到那旅社有多好。」

「之後呢？」

「當他把車轉進那旅館，我才明白他才是真正高手，不過我倒真還喜歡他的方式。他很酷，很大膽，很有把握。

「唐諾，你知道，女孩子不喜歡幾種特別的問題。假如一個男人突然問一個女孩子：我們去開房間好不好，叫女孩子怎麼回答？也許她不願意說不行。但是總不能自貶身價說可以吧？

「唐諾，我告訴你，我不在乎動手動腳，但是絕對不喜歡別人毛手毛腳。有人粗手粗腳，一點沒情調的毛手毛腳，我就從心裡會起反感。」

「反正，他這種進行方式，你還合胃口？」

「我當時心裡在說，這傢伙很懂得情調，他是調情聖手。我打賭和他在一起會很有趣，反正我閒著也是閒著，有何不可？」

「之後又如何？」

「他很自然客氣地請問我，我可以不可以出去登記？」

「於是你進去登記？」

「於是我進去登記，說是從舊金山一路開下來，說我們都很累了，那職員從頭到腳仔細地看了我一遍，我以前聽到過一個人名字叫浦加同，不知怎樣印象還很深的，既然現在這個人也叫加同，於是我就登記了浦加同，自己捏造了一個舊金山的地址。

「於是我們進入這汽車旅館的一間平房，僕役要把我們行李拿出來，加同告訴他，過一下他自己會拿行李出來的——這一招我知道騙不過那僕役的。我相信僕役一定會回去報告，說這兩個傢伙並沒有什麼行李帶來。」

「之後呢？」

「進屋之後加同拿出來一瓶酒，這是他做出的第一件錯事，也是我的錯誤。我吃飯的時候已經喝過香檳了。我覺得吃飯慢慢吃，光線暗淡，音樂優美，菜色好，來點香檳正是時候。」

「但是你不喜歡烈酒？」

「不喜歡。」

「你沒有喝？」

「只喝了一點點。他打電話叫旅館送冰來，但是那送冰進來的不是一個僕役，他沒注意到，我可是看得清清楚楚的。」

「你說送冰進來的不是小弟？」

「不是，是旅館偵探。」

「連汽車旅館也有自己的偵探嗎？」

「親親旅館是有的。那旅館大得很，你知道。」

「懂了，於是如何？」

「他仔細地看了我們兩個人，走了出去。老實說，我本來估計他出去後，不久會有電話會進來，告訴我們房子不租給我們了。他們會說我們倆沒有行李，他們可以把房租退還給我們，當然是要扣除一些基本的清潔費用的。」

「他們沒有這樣做？」

「所以我拖延一些時候。我走進浴室整整頭髮，加同倒了兩杯酒出來，我告訴他我一點也不要，所以他把他的喝了，也把我的喝了。他再替自己倒一杯，突然我發現他是在把烈酒加在香檳酒的上面。他精神放鬆，但是臉上肌肉鬆鬆下垂下來。我也說不上來，不過這個傢伙突然一點可愛之處也沒有了。」

「又如何？」

「這時候他又犯了第二件錯誤。他開始毛手毛腳起來，他當初時候那麼為女孩的自尊著想，那麼冷靜，那麼輕柔。假如在屋裡他能繼續如此，一切尚還可以商量，但是他東抓西抓亂來一氣，我完全不吃這一套。我拿起我皮包，轉身就走出去了。」

「出門之後呢？」

「我步行到電話亭，叫了一輛計程車，回家。」

「你準備怎樣對警方說？」

「我要告訴他們實況。」

「那麼你對浦加同這件事怎麼說？」

「你就是浦加同。當然浦加同不是你真名，不過我會告訴警方，你就是星期六和我一起在那裡的人，當你有點醉，我們吵架了，我就離你而去。我會說是你打電話來抱歉。我接受你的抱歉。我今天是來補償你，當天我不該放你鴿子的。」

「我呢？」

「你從這裡接下去演，當然也沒有什麼好演的。他們要問的，只是我們有沒有聽到龍飛孝的任何動靜，我們什麼時候上床的，有沒任何不尋常的情況或聲音等等——當然，在警方離開之後，我們兩個只好留下來在房子裡過夜，使他們看來不會奇怪。」

我說：「那個拿酒進來的旅館偵探會說，我不是那天和你一起在房子裡的男人。」

「不會，他不會的。那天加同是在床上，他把臉轉向裡側。這是另外一件令我倒胃口的事，一旦進了旅館，他很矛盾，似乎後悔和我在一起。」

「之後他來找你，給你一千元，叫你向警方說這種故事？」

「不，他沒有來找我。自那天後，我根本沒有見過他。老實說，我也不在乎再見到他。」

「那一千元怎麼來的？」我問。

她說：「是他用電話告訴我，警方在找我。他又說警方多半會先找到我，因為我暴露的面積很大。早晚職員或是僕役，或是那偵探會正好撞上我。」

「於是他在電話中說要給你一千元？」

「是的。」

「你真相信他會給你？」

「我已經到手了。」

「帶在身上？」

「是的，當然。你以為錢不到手，我會給他辦事呀？」

「怎麼到手的？」

「專人送來的，十張漂漂亮亮一百元票面新鈔。」

「你在電話中和加同說些什麼？」

「他對我說，要我回去那汽車旅館。他說他已經請專差送房租去，叫他們把當夜那幢房子留到。他說我可以自己回去；又說他會出錢找一個私家偵探去那裡，充作是我那一天的男伴。那職員會通知警方，警方會來找我問問題，我就有機會把準備好的故事說出來，使他可以脫鉤。」

「怎麼認為他可以脫鉤？」

「因為僕役和偵探都可以支持他的說法，他醉了，不可能聽到任何聲音了。」

「你在電話上怎麼對他說？」

「我告訴他不行，我不是那種女孩。他說給我五百元，我還是說不行。於是，突然我想起你來了，我告訴他，我說你給我聽到，有一個私家偵探叫賴唐諾，如果你能夠說服他來扮這件事的男主角，而你假如肯把鈔票增加到一千元，我就幹一次，否則談也不必談。」

「於是怎麼樣？」

「於是你來了。」她說：「加同已經打電話，送錢，把二十七號房留下，我們等於沒有遷出。」

我說：「那旅館偵探見過加同，那帶路僕役見過加同，萬一警方叫他們看我一下？」

「星期六晚上，他們沒有機會仔細看。那僕役根本不在乎誰和誰來，而那個偵探在看我，沒有看加同。」

「你是不是很吸引人？」

「唐諾，我無論什麼時候看，都是吸引人的，這是我的本錢。你眼睛瞎了呀？再不然這裡太暗，你夜盲？」

「是太暗的關係。」

「不要緊，過一下你就有機會看到我更多更多的。」她說，一面大笑著。

我說：「我對警方說謊，是要有分寸的。理論上我喝了點酒，向你提議，你同意，我們一起去汽車旅館，戲的背景就是如此。可能會成功，不過與我們設計的還有點距離。主要的一點，絕不能讓警方知道，我們背後有人在出錢。」

她的臉亮起亮光，「你認為這樣兩面都可以過關？」

「試一試不會錯的。」我告訴她：「什麼時候開始？」

「我下班時間在十一點，下班後我喜歡先吃飯。你要請我吃飯嗎，唐諾？」

「當然，樂於請你吃飯。」

「好極了。我們要不要帶行李？」

「最好還是不要帶行李。」我說：「我們要模擬你週六晚上之旅。」

「好吧，唐諾。」她說：「我要回我客人那裡去了。十一點見，你要乖一點。」

她把兩隻手　指壓上自己的嘴唇，再壓到我嘴唇上來。

我瞎摸了十分鐘，走出酒廊。

我離開時，她是背對著我的，但是她及時回眸一笑。她正在接受兩個客人要點些什麼酒。雞尾酒時間快到了。酒廊裡已經有不少客人了。

第四章　警官上門

十一點鐘我回到酒廊。夏濃只讓我等了三分鐘，然後和我一起走出酒廊。我們去一家匈牙利餐館，用了香檳和晚飯。我給侍者很好的小費。我們一起開車來到親親汽車旅館。

「緊張嗎？」我問。

「發抖中。」她說。

「放心。」我告訴她：「不久一切就結束了，你不必擔心了。」

「我們要不要先停一下車？」她問。

「停那裡？」我問。

「停路上呀！」她說。

「為什麼？」

「彼此熟悉一下。現在這樣太酷了，而且也太正經了。叫一個女人跟一個不熟悉的男人進旅館……」

「本來就是理智的、職業性的約會呀。」我告訴她：「你也不必去考慮什麼心理反應，在我們喝完第二杯酒之前，警察就會光臨的。」

「香檳上面再加威士忌？」她問。

「香檳上面再加香檳酒，」我告訴她：「有幾瓶還在水桶裡冰著的，我帶在車子後面。」

「不是說好不帶行李的嗎？」

「那不是行李，那是香檳。」

「杯子呢？」她問：「我是不會用平底杯喝香檳的噢。」

「當然有香檳杯，」我告訴她。「連杯子都是冰好的。」

「唐諾，你什麼都差不多想到了，是嗎？」她說。

「為什麼說差不多？」我問。

「除了我的感覺……不過我懂了，熱身運動多少會有點幫助，是嗎？」

「滿腦子在想和警察打交道時說些什麼，倒不如警察前來之前有點事做。」

「也許在他們來之前……」

「做什麼？」我問。

「沒什麼。」她說。

我直接開去親親旅館。

「好吧，」我說：「仍該由你去拿鑰匙。記住，你現在是浦加同太太，之後，在警方出現要我們駕照的時候，我們才告訴他們我們的真名。」

「老天，」她說：「別以為我笨，我該做什麼我清楚得很。」

她走進辦公室，兩分鐘之後出來，後面跟了個僕役。

僕役在車前跑步到二十七號房子，站在車道旁等拿行李。

我讓他把車子行李箱中的保麗龍保溫箱拿出來，使他看到我們的行李只有這一些些。我給他一元小帳，回進屋去。

夏濃緊張地四周觀看一下。她說：「我從來沒有那麼神經兮兮過。」

我打開保溫箱拿出一瓶香檳，一面說：「這個可以安定你的神經。」

「我突然感覺到你完全像是陌生人了，唐諾。」

香檳瓶塞「噗」的一聲有如手鎗發射。夏濃全身顫驚了一下。

「唐諾，你把我嚇了一跳！」

我轉身看她，她正在把絲襪拉直一下，大腿展露得很多。「喔！」她說，一面把裙子向下拉。「我以為你是背對著我的。」

「我現在是在開球位置，」我告訴她。

「位置、姿勢都還可以。」她引人入勝地說。

「來。」我說：「為我們倆的冒險事業開始而乾杯。」

我坐進沙發去。

她走過來坐在我沙發扶手上。我交給她一個冰透了的香檳杯，一面把兩個杯子都加滿香檳。

「冒險萬歲！」我說。

我們互相碰杯，坐在原位啜飲。

「唐諾，」她先開口道：「你認為警察會很快來嗎？」

「不一定。」我說：「要看他們希望我們進行到什麼程度，他們才要出頭。那個職員還認識你嗎？」

「當然。還有呢，那晚上送冰進來的男人也坐在會客室裡。我即便背對著他，也感覺得出他在看我。」

「有人看你，你可以感覺得到嗎？」我問。

「有時候可以，甚至可以感覺到他們在看什麼部位。」

「你會討厭嗎？」

「不會，我喜歡。我身材可看的地方很多，唐諾。」

「我注意到了。」

「你還會看到更多的，唐諾……香檳不壞。」

我替她加滿杯子。

「你人不錯。」她說，用手指替我梳梳頭髮。

她把高跟鞋踢掉，轉過身來把兩隻腳放我大腿上。

「我的腳好冷。」她說。

「劇本裡沒有腳冷這一段。」我說。

她大笑，用腳的大拇趾來抓我癢。

「癢吧？」她問。

「癢。」

她把腳趾扭動得更厲害。

門上響起敲門聲。

「掃興。」她說。

「你朋友來了。」我說：「該唱戲了。」

我把香檳酒杯放下，用手指小心地握住她腳踝，把她雙腳移開，站起來去開門。

門外站著兩個便衣。

「哈囉。」我說。

其中一個人自口袋中取出一個真皮的皮夾，打開給我看，我看到警章。「警察，」他說：「我們要找你談一下。」

「嗯……我……談什麼？」

「我們進來談。」

我站在門口不動。

「現在有一點不便，」我說：「你們不介意的話，我一下子之後，到會客的地方見你們。」

一個人向前一步，用他寬大的肩頭把我頂開一邊。「我說我們進來談。」他聲明道：「也許你耳朵有毛病。」

我退後，兩個人進來，把門關上。

我轉過身去看夏濃。

她已經把她外衣脫掉，胸罩、內褲，褲襪是身上唯有的衣著，她手裡拿著個香檳酒杯，站得直直的，眼裡露著不懂出了什麼事的表情。

她是一個高眺得非常美麗的尤物，目前她正把最美的顯現在我們前面。

「老天！」她大叫：「搞什麼鬼？你們男生都給我出去！」

「我們也要和你談談。」負責開口的男人說話。

夏濃一把抓起她脫下的衣服，溜進洗手間。

另外一個男人走過去，拿起那瓶香檳，嗅一下，用手試一下酒的溫度，看向保溫箱，看到另外那瓶香檳，也看到另外兩個仍在乾冰上的香檳杯子，他說：「不錯的派對嘛。」

夏濃自洗手間出來，一手仍在拉起衣服上的拉鏈。

「到底出了什麼事？」她恨恨地說。

警察們自顧自地坐定，一個坐在我才坐過的沙發裡，另一個坐在床上。

負責開口的轉向我，「你是浦加同？」

「不是。」

他轉向夏濃，「那麼你是浦加同太太？」

「不是。」

「我們先來弄弄清楚，你們把駕照拿出來。」

「這什麼意思？」我問。

「目前，我們在調查，你們兩個租用了一個旅館房間，是不是在做不道德交易。」

「什麼叫不道德交易？」我說：「我們想喝一點香檳，這總不能在汽車後座喝吧。」

「你女朋友為喝香檳把衣服脫光？」

我說：「你們敲門的時候，她把酒灑在衣服上了。她急著在洗不掉之前把衣服先洗一下。」

「噢，我知道了，在我們敲門之前她是衣著整齊的。」那警察說。

「沒有錯，」我說：「這絕對是實情。」

「好吧。」他說：「駕照是一定要看的。我們先看你的。」

我取出皮夾，給他們看駕照。警官寫下我姓名地址。另一警官對夏濃說：「小妹子，看下你的駕照吧。」

「荒唐極了。」夏濃說。

「我知道，我知道，不過還是要看，早看早了。」

夏濃打開她皮包，拿出一只有證件的小皮夾，隨手拋給了他。

他把皮包裡證件一件一件仔細地看。

他向同來警官道，「這一位叫貝夏濃，二十四歲。五呎七吋，一百一十五磅，顯然受僱於薊花酒廊。我已經抄下她的社會福利證號碼了。」

另外一個人說：「這個傢伙名字叫賴唐諾——嗨，你是不是在做私家偵探？」

「沒錯。」我說。

「嘿，大水沖到龍王廟了。」那警官道：「我們倒要另眼相看了。我姓王。你自己來告訴我們好了。」

我說：「我和貝夏濃小姐到這裡來，只是為了開個香檳酒會。」

「酒會之後呢？」

我聳聳肩道：「酒會之後恐怕只能回家了，我沒有預作打算。」

有人在轉房門上的門鎖，一個警官站起來把門打開。進來的人不必問，我想一定是旅館的安全人員——這名字聽起來比旅館偵探又好聽一些。警官說：「各位，這位是董禮佛，他在這裡工作。」

董禮佛說：「女人是不錯，是這個女人。我看這個男人不是那一個。」

「能確定嗎？」警官問。

「不能。當時那男人不給我看他的臉，但是他的身材我看得很清楚。」

王先生轉向貝夏濃，「小妹子，你搞什麼飛機？」他問。

「什麼叫搞飛機？」她問。

「少來這一套。」王先生說：「我們在幫你忙，給你機會。顯然的，你是一個高等一點的妓女，你要不要進局去因為賣淫收留幾天。」

「賣淫！」她大聲喊出來道：「你，你豈有此理。你——！」

「省點力氣，」王先生打斷她話道：「我們在給你機會，給你說話的機會。」

「要我說什麼？」

「上個星期六晚上你在這裡，你登記成浦加同夫婦。你寫了一個地址，舊金山艾爾皮爾蒙街二五四號，住在那裡的人根本不知道世界上還有姓浦的人。」

「那個名字可以說是我造出來的。」

「為什麼？」

「我只是偶然想到的，我不想用真名，我憑空亂造一個，連車號也是我造出來的。」

「好吧，」王說：「你是成人了，你也許收費一百元一晚，但是你是在賣淫。」

「我一毛錢也不收，我對有感情的——的朋友，從來不收錢的。」

「看來你朋友還很多的。」

「有犯什麼法嗎？」

「要看你用什麼法，要看你對朋友怎麼定義。目前只要你肯回答問題。」

她說：「我是薊花的女侍應生。我的工作是使來薊花的人愉快，得到應有的服務。我每晚十一時下班，下班後一切都是我自己的時間。」

「懂了，現在告訴我們上個星期的事。」

「星期六，這位先生邀我一起吃晚飯。他寂寞，我無所謂，我們一起吃飯，又一起去看都市的夜景……」

「抱抱摟摟？」

「當然要抱抱摟摟。」她生氣地說：「你想男人帶女人出去看夜景，有沒有不抱抱摟摟的？」

「這才像話。」警官說：「說下去。」

「於是我們開車來這旅館。」

「有沒有談條件？」

「沒有。」

「就這樣開車把你帶過來？」

「是的。」

「你看到他的企圖，你也不出聲？」

「為什麼要出聲。」她說：「老實說我高興得很。這種情調只有亂世佳人中才有。一般人會先問一下，女孩子會很窘，怎麼回答都不好，有的時候應該盡在不言中。」

「你說話很老實，」王警官說：「你說下去。」

「其他已沒什麼好說了。我們來這裡，租用了同一間房子，我們沒有行李，我的朋友騙僕役說以後我們自己來取出行李。我們坐了一會，他拿出一品脫的威士忌，我們要點冰，這位先生把冰拿進來，我們就喝酒。」

「又怎麼樣？」

「我是只會喝香檳的，我不喜歡威士忌，我們兩個在這裡，互相要認識一下，聊聊天，於是……於是就喝了兩杯。」

「是該認識一下的，」王警官說：「又如何？」

「威士忌在香檳的上面，對我非常不合適。非但不能使我興奮，而且使我非常疲倦——突然間我覺得一切不對勁。我的朋友對我言來變成既不好看，又不帶風趣，他也喝醉了。」

「你們上床了？」

「我沒有上床。」

「這樣嗎？」王問。

「是這樣！」她向他吼道：「他開始毛手毛腳，我非常生氣，我走出去，叫了輛計程車，回家去了。假如你不信，你可以問我叫車的計程車公司。現在我要求你們可以滾了。」

「那是什麼時間？」王警官十分有興趣地問。

「大概清晨兩點鐘。」

「那個男人後來怎麼樣了？」

「我不知道他後來怎麼樣了，是我拋下他走了的，我也沒有再回來。我走的時候，他有點醉得人事不知了。他一定會睡死了。」

「你走的時候他怎樣說？」

「他還能說什麼？他只能倒下去睡了。想來要睡醒之後才能開車回家了。」

「家在哪裡？」

「我不知道。」

「你見過他幾次？」

「以前也曾經來過一次酒廊。」

王警官轉向我，「這件事裡你怎麼牽進去的？」

「今天下午我見到她。」我說：「我們約好吃飯，我知道她喜歡香檳。我請飯店給我弄個保溫箱，放點乾冰，裝進香檳酒和酒杯。我這樣做，主要是投其所好。」

「想得到什麼回報呢？」

「你說呢？」

王警官說：「好吧，現在我把實況告訴你們。星期六晚上，或是星期天清晨，在這個旅館裡發生了一件謀殺案。屍體是星期天早晨發現的。我們在查這件案子。所以我們要查你們兩位。假如與你們無關，你們不會有麻煩。萬一不然，你們責任可大了。我們可以借風化案件看管女的一下子；我們也可以把你列為重要人證。你們先要明白。」

我點點頭。

「我們現在要知道，週六你們在這裡聽到、見到的每一件小事情。」

「我不在這裡。」我說：「這一點我不說謊。」

王警官轉向女人，「我們要知道你見到的每一件事，你做的每一件事，我們要知道和你在一起的男人到底是誰，換句話說，我們有什麼辦法可以找到他。」

她說：「我們開車到前面辦公室。有兩三部車，車裡都有人在等著登記。加同——那是他說我應該叫他的名字——他不想離開汽車，央求我替他去登記，要我說我們是舊金山下來的夫婦。

「舊金山地址確實是我亂造出來的。我登記好浦加同夫婦，就造了個艾爾皮爾蒙街二五四號。」

「汽車牌照號怎麼來的？」

「也是亂造出來的。」

「以前老幹這種事嗎？」王警官問道。

「你說呢？」她反問道。

「為了賺錢？」

「不是，我告訴你過，我為友情從不考量錢的。我靠工作賺錢。」

「好吧，你離開這裡等到計程車是幾點鐘？我們會調查對證的噢。」

「我也希望你去對證。時間嘛……應該正好是清晨兩點鐘。我想。」

「計程車是電話叫來的嗎？」

「是的。」

「從辦公室裡打的電話？」

「不是。」

「從哪裡？」

「電話亭。」

「外面前頭那電話亭？」

「是的。」

「你要去那電話亭，一定要經過那游泳池，是不是？」

「不是直接要經過那游泳池，因為游泳池是用圍欄圍起來的。我走圍欄外面繞過去的，圍欄的門是關著的。」

「你能確定圍欄的門是關著的？」

「確定。」

「怎麼知道門是關著的？」

「因為我也曾經試著想走游泳池的捷徑，這要比繞圍欄近得多，但是靠這一邊的門是關著的。」

「你能絕對保證？」

「絕對保證。」

「好，你繞那游泳池圍欄走過去。游泳池裡有沒有燈光？」

「有。」

「能看到游泳池裡面嗎？」

「下面看不到，池面上這看得到的。」

「池裡有水沒有？」

「有，游泳池裡水是半滿的。我記得很清楚，水上有反光。」

「有沒有人在游泳？池旁有沒有人？」

「沒有。」

「池底可不可能有具屍體在裡面？」

「我經過的地方看不到池底。也許可以看到遠方的池底，但絕不是全部。」

「有沒有被你看到什麼不正常的情況？」

「沒有。」

「你聽著。」王警官說：「第二天早上，當屍體被發現時，游泳池面對這裡近電話亭那圍欄的門是開著的，門鎖被人砸爛了。」

「我離開這裡，走出去，圍欄的門的確是關著的。我也曾想我能否通過去，我看到鐵鏈條，掛鉤鎖，所以我就乾脆繞過圍欄，走到電話亭，叫計程車。」

「等計程車來的那段時間，你在幹什麼？」

「我只能在附近站著——就站在那裡等。」

「等車子來等了多少時間？」

「大概五分鐘吧。」

「你站在附近等的時候，有沒有看向池子裡？」

「我記不起來了，我想我沒有。」

「兩扇門都是關著的？」

「應該是的。」

「上鎖的？」

「向著辦公室這一側的，我是絕對知道的。向電話亭那一側的門，我不記得看到有什麼鏈子。我也不知道是不是上鎖的。」

王先生的語氣變好起來，友誼性地說道：「貝小姐，你也許不知道，你幫了我們很大一個忙。我希望你再努力回想一下，看是不是還記得起一些別的事情。」

她蹙起眉頭，集中精力注視著地毯，過了一下，她慢慢地搖著頭，「沒有了。」她說：「我什麼特別的也想不起了。」

「後來計程車來了？」

「是的。」

「他是不是走到路邊去，表示是你叫的車？」

「不是，我就站在電話亭旁。駕駛從車裡出來，走過來。」

「他過來問你，你是不是打電話叫車的人？」

「是的，他問我是不是貝小姐，我說我是的——等一下，他說什麼有關游泳的事。」

「說什麼？」王先生興奮起來。

「有說。他問我我是不是在游泳，或者是想來游泳——什麼的。我說池裡的水看起來很冷。他站在我邊上有一下子，他曾經看向游泳池，然後他說：『我們走吧。』」

「這樣說來，在星期日的早上兩點鐘的時候，曾經有一個計程車駕駛看過這游泳池？」

「沒有錯。」

「他站立的位置是在電話亭旁、你的身邊。電話亭又是在游泳池後門的旁邊？」

「正確。」

王警官說：「你對我們幫了一個大忙，貝小姐。我要抱歉我打擾了你們的幽會，我最後還要知道一件事。那個浦加同怎麼回事？」

「我對他一無所知，」她說：「他對我說我應該叫他加同，浦是我替他造出來的一個姓，在酒廊裡一共見過他兩次。我保證他不可能知道任何一件事，他喝多了，不省人事了。我離開的時候他已經爛醉如泥了。」

「他是已婚還是單身？」

「從來沒告訴過我。」

「妹子，」王警官說：「你是在外面混的，不用他說，你看他是已婚還是單身？」

「已婚。」她說：「而且我敢說他很少很少出來玩。他有點不自然，我想──我想他有點自責，有點害羞。這就使我非常不高興。

「反正我認為男人想幹這件事，就不該三心兩意，說幹就幹，他那種樣子使我感到不舒服，好像有病的一樣。

「要知道我們都是凡人，我們有七情六慾，我不是聖人，也不喜歡假道學。我有招接招，隨遇而安。我起先對他印象很好，他也喜歡我。

「在穆黑蘭道上我喜歡他。我也欣賞他直接開車來旅館的手法……在我看來他反正是出錢的人，他有決定權。

「到了這裡，我發現他一定要用酒來維持他的勇氣，真是洩氣，我真想揍他，所以才會弄成不歡而散。在我看來，我已經不想再見他，看來他也不會想再見我。雖然他曾經打過電話來問我為什麼放他鴿子。」

「你怎麼回他？」

「我告訴他這一切。」

「從這裡去游泳池那扇門，那天晚上是關著的。這一點你可以確定，是嗎？」

「是的。」

「而他，在房子裡已經昏睡過去，」王警官說：「所以，他不可能還有什麼消息可以告訴我們，對嗎？」

「對的。」

王警官看看另外兩位男人。「還有其他問題嗎？」

他們搖搖頭。

王警官說：「謝了，貝小姐，你今天表演良好——有一天我要不當班，也會到薊花來看看你，也許會請你吃頓飯什麼的。」

「你是有太太的。」她說：「你知道我一看就知道，我還真的一看就知道了。」

他大笑道：「好吧，小妹子，算你靈光。兄弟們，我們抱歉我們打擾了他們的派對，我們工作完了，該走了。」

三個男人走出門去。

我轉向夏濃，「這算什麼？」我問。

「什麼東西這算什麼？」

「我去開門，你脫衣服？」

「我沒有脫衣服，我除掉外衣。」

「好吧！脫掉外衣做什麼？」

「加強說服力。我本打算早點脫的，假如你早給我一點鼓勵的話，但是你太……太冷漠了，那個時候我脫外衣的話，變成一頭熱了。」

「好吧，」我說：「現在幹什麼？」

她說：「這種事該男性主動的，對嗎？」

「哪種事？」

「喔，唐諾。看在老天的份上，你給我一些鼓勵好嗎？我會全力配合的。」

「再來點香檳怎麼樣？」

「可以。」她說：「你怎麼說怎麼行。」

我試一下已經開過的那一瓶，溫度還可以，但是氣已經跑了。她三口把她的一杯喝完，再要加酒。

我給她杯子倒滿，自己也加了三分之一杯。

我說：「夏濃，你告訴我，這件事你真的拿到了一千元嗎？」

「嗯哼。」

「有沒有好奇過？」

「好奇什麼？」

「你不覺得價格昂貴了一點？」

「怎麼說？」

「不算是太困難的工作，出軌也出得不多，一千元很貴呀。」

「等一下，」她說，兩隻眼睛瞇成一線：「出軌出得不多——怎麼講？你我想到一塊去了嗎？」

「沒有。」

「好，你是什麼意思？」

「我是說對你來說，這是一件不會影響你工作的，只花幾小時的課外作業。」

「少傻了。」她說：「一個女孩子的聲譽，總要值一點錢吧？」

「什麼人相信，王警官嗎？」

「很多人會相信的。」

「什麼人？」

「旅館的安全人員就會相信。」

「他相信，對你有好處嗎？」

「也許有機會我會再一次來這裡。」

「你一個人？」

「別傻了。」

她把酒杯遞過來。我給她裝上一大半杯酒，酒瓶空了。她望向我思索地說道：

「這樣美好的夜晚，你準備虛度嗎？」

「怎麼說？」

「問那麼多無聊的問題。」

「我只是把我還沒完全清楚的補滿而已。」

「你一定要完全清楚每一件事嗎？」

「我盡力。」

「好吧，唐諾。」她說：「讓我來告訴你實況，然後我們誰也不准再提這件案子的事。我認為這傢伙是個大政治家，他不能被別人知道他在冶遊。他不敢向警方說明這個人是他，也不能使人知道這個人是誰。所以他弄了這些玄虛，希望警方不再追到他身上去。」

「你認為現在警方不會再追上他了？」

「當然可能，他睡過去了。不可能看到、聽到任何東西了。他不值追究了。只有我才是真看到點東西的。」

「看到什麼？」

「例如兩點鐘的時候，游泳池大門是關著的。」

「你認為這很重要？」

「警察認為重要的。」

「在警方告訴你這很重要之前，你好像一點也不知道這件事重要。」

「我根本沒有去想它。我只是有人出錢要我做一件事，我做成了而已。」

「你不想要去找找看浦加同到底是什麼人？」

「關我什麼事？」

「也許滿足一下你的好奇心？」

「我？我這個人沒有好奇心。老實說，即使你知道他是什麼人，我都並不希罕你告訴我。」

「為什麼？」

「這一類消息多知道一些，就多一份危險。我不知道，我就不可能亂講，我也不會去敲詐那傢伙。我連想都不去想它，這是保命之道。」

「什麼意思？」

「像我做這種工作，有的時候，一不小心就知道得太多了。」

「知道不就是力量嗎？」

「弄不好變成汽車旅館裡的一具屍體。我不喜歡被人發現絲襪被套在脖子上，舌頭伸出嘴外……唐諾，這件事裡你有多少好處？」

「不到一半。」

「答了等於沒答，我可告訴了你，我得到多少的，是嗎？」

「我也告訴你我得不到一半。我不喜歡。」

「為什麼不喜歡？」

「可能會有後遺症的。」

「噢，亂講！」她說：「你已經完全沒有事了，一切進行非常順利。唐諾，我表演得如何？」

「你表演什麼？」

「一把抓住脫在我前面的衣服，往浴室裡跑，在緊要關頭，就在關門之前，我轉過身來，我相信那些警察眼睛都快看爆了。」

「他們的確眼睛吃了冰淇淋。」

「我認為你也養了一下眼。」

「沒錯。」

「看來你並不特別興奮。」

「目前我心事重重。」

「在想什麼？」

「姓王的警官。」

「他怎麼啦？」

「你看他怎麼樣？」

「好人，裝模作樣一點。你有沒有注意到他說哪一天有空他會到薊花來喝一杯酒？」

「嗯哼。」

「而我立即還他一句，他是有太太的。」

「這一下可以阻止他不來嗎？」我問。

「至少這一下阻止我自己。」

兩個人不再說話一兩分鐘。然後，她說：「唐諾，你為什麼問我王警官？」

「因為，」我說：「假如他是個卑鄙小人，或者他不完全滿意你給予他的合作，他可以很容易猛整我們的。」

「憑什麼？」

「租屋冶遊的違警條例，」我說：「再說，假如他以出賣肉體的條例來整你……」

「你怎麼不說下去，唐諾？」

「我只是在思考。」

「昏了頭，」她說：「你思考太多了，該用手的時候你不該太用腦子的。」

我們坐在那裡好久不講話。

突然她站起身來，用手撫直一下絲襪，對著鏡子看一下。「唐諾，我告訴你一件事。」

「什麼？」

「我有事要告訴你。」

「什麼？」

「我要回家了。」

「我送你回去。」

「不必，我自己找計程車回去。」

我打開皮夾，一面說：「我付計程車費。」

「我看你並不歡迎我留在這裡。」

「你希望我留你在這裡？」

「豈有此理，唐諾！你一點也不給女人自尊心。你使我自己感到像是殘花敗柳。去你的！」

她把外套向肩上一甩，抓起皮包，她說：「拜拜了，不必再見了。」

我看著她自己出門而去。

第五章　拓下的指紋

我足足等夠了五分鐘，把鑰匙放進自己口袋，走出去，把房子門自身後關上，繞過游泳池旁，來到這條路的終點，電話亭旁。

進游泳池的前門是關著的，一把掛鎖守著。後門是彈簧鎖，也是關著的。

我鑽進電話亭，拋了硬幣，撥卜愛茜的電話號碼。

電話響了很多下，卜愛茜來接電話。

她有點生氣，「什麼人？」她含糊地說：「什麼時候了，知不知道？」

「唐諾。」我說。

「唐諾！」她大叫著，語氣突然好轉，「是唐諾嗎？發生什麼事？」

「要你幫忙。」

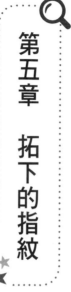

「唐諾，你在哪？說，怎麼幫你？什麼都行。」

我說：「開車去辦公室，在我辦公桌抽屜裡把我取指紋的工具拿出來，多帶些透明膠帶來。你可以開車來親親汽車旅館，我在二十七號房。你記住，不要開車直接進來，也不要把車開近那旅館辦公室。在旅館的東北角有一個游泳池，游泳池遠端有個電話亭，從人行道你也可以到達電話亭，車子可以停在外面路角。你走去電話亭，假裝打電話，看準沒有人的時候，經過圍欄的外面，可以直接到二十七號房。

「二十七號房是倒數第二排，從邊上算起第三幢房子。換句話說，你從游泳池過來，你繞圍欄外面，你可以看到一共有六排房子在你左面，然後是個停車場，在停車場另一面則有八到十排的房子。

「你走左面的，走到倒數第二排，向左轉，二十七號是倒數第三幢。你自己直接走進來，我會把鎖開著。」

「唐諾，你……你是一個人嗎？」

「是。」

「唐諾，我穿衣服要花點時間，我還要去辦公室，差不多要……差不多要四十五分鐘，或者一個小時才能到你那……」

「沒關係，」我告訴她：「不必太急。」

我把電話掛上，走回到二十七號房，把門推上，但是不上鎖，一下子躺在一對床中的一張上面，把枕頭拉下來墊在頭頸下面，閉上眼開始想前想後。

沒多久我就睏睡起來，加上一點香檳的作用，我慢慢睡著了。我心裡不想睡，但還是越睡越熟。

睡夢中女性溫柔的嘴唇壓在我的唇上，我聞到花香的甜蜜氣氛。

突然我清醒過來。卜愛茜站在床前，奇怪地自上向下看著我。

「唐諾，」她說：「我把你吵醒了，是嗎？」

「我就是要你吵醒我，我們有工作要做。」

她仍舊站著向下看我：「你在笑，唐諾。」她說：「睡著了還笑。在做什麼夢？」

「是在做夢。」

「好夢？」

「非常好的夢。」

「什麼樣子的夢？」

「說了你會打我耳光的。」

「唐諾！到底什麼夢？」

「我夢到把你抱在懷裡在親你。」

「唐諾！」她喊道：「你不可以說這種話，你……」

「我告訴過你說了你會生氣，是你一直問我。」

「唐諾，你真的做這樣一個夢了？」

「是的。」

我掙扎著坐了起來，甩甩頭，把頭髮就用手指理一下，我說：「所有東西都帶來了？」

「是的！唐諾，你太累了。你工作過度了。」

我說：「這裡的事我一兩個小時就可以弄妥，然後我會睡一下的。」

「出了什麼事了，唐諾？那個……女人……怎麼啦？」

「她生氣了，回家了。」

「她為什麼會生氣，是因為你……因為你……？」

「不是，是因為我沒有。」

她突然大笑，她說：「恭禧你，她活該！我們幹什麼？」

「我準備把這房子裡全部的指紋採集下來。」我說：「你一路跟著我，凡是我取過指紋的地方都擦拭乾淨，不給人知道有人曾經在這裡撒過銀粉。」

「你在找什麼，唐諾？」

「指紋。」

「誰的指紋？」

「任何住過這裡的人。」

「那個女人？」

「有她的。」

「還有誰的？」

「我不知道。」

「好吧。你不想告訴我，就不說。」

「我說了。」我說：「我不知道。」

我走進洗手室，把門反鎖，拿一張面紙猛擦自己的嘴唇。燈光下看得出上面有淡淡的口紅痕跡。

我舔舔自己嘴唇，有草莓味。

我把面紙沖下馬桶，走出來說道：「我們來工作。」

我從電話上著手，然後是金屬的床頭板及床架。我試化妝檯的抽屜及可以調整鏡子的鏡面、鏡背後。我在洗臉檯上、藥箱上撒銀粉，也沒放過窗架、椅子扶手和桌面。

一路看下來，我可以找到幾個完整的指印，我就把它們拓下，給它一個號碼，請卜愛茜記下這是從什麼地方拓下來的，拓下的指紋都用封套保存。

然後卜愛茜就用一塊濕毛巾加上肥皂仔細擦抹，再用乾毛巾擦乾，如此沒有人會知道這地方曾經被人檢查過。

清晨三點鐘的時候，我有了十五個很清晰可辨的指紋。當然，我完全沒有概念，這些指紋是什麼人留下的。工作完畢，卜愛茜道：「我們現在幹什麼？」

我說：「我們現在出去，去吃一頓早餐。」

「那尼龍板冷藏盒子是幹什麼的？」

「那是放香檳，香檳杯子和乾冰的。」

「唐諾，你從兩個杯子中那一個有口紅印的上面拓下了指紋了，但是我又把杯上指紋全部洗掉了，不會有事吧？」

「沒事的。」我說：「你把它放回保溫盒裡去就是了。」

「我不知道應該放回盒子去，我把它留在桌子上了。」

「好吧，」我說：「我們來把它放還盒子去。」

「現在又該做什麼？」

我說：「你回你車子去，我用我的車，你跟我走。我會慢慢走，一路會看後視鏡。」

「去哪？」

「去一家餐廳。」

「唐諾，你不能……不能睡一下嗎？」

「想法倒是正確的，我睡覺，你幹什麼呢？」

「我……我在車裡等。」

「別傻了。」

「好吧，我……我會……唐諾，你幹什麼？」

我走向一張床，「把你的頭枕在我手臂上，我們倆都睡一下，雖然只有一兩小時，不過會很有用的，然後我們去吃早飯。」

「唐諾，這——這不行。」

「為什麼不行？」

我把外套緊緊在上身扣一扣，倒在一張床上，移向一側，把手臂伸出去，放在枕頭下面的位置。

她猶豫了一下，輕輕地倒下來睡在我手臂上。過不多久，她放輕鬆了很多。

我向她靠近一些，五分鐘之後，我睡著了。

醒過來的時候太陽已經出來了，她蜷曲在我身旁。

我輕輕的想把手拉出來，她的嘴唇顫抖了一下，我吵醒了她。

一時她忘了自己在那裡，她張眼看到我，她說：「唐諾，怎……怎……」

「起床了。」我愉快地說。

「喔！」她說，但是沒有立即採取行動。

我說：「我們要吃早餐，還要上班。」

她舉起手來，摸摸我的臉。

「鬍髭總要刮吧？」

「是不是會扎人？」

「我……我不在乎。」她說，一面突然伸出兩隻手臂，把我的頭拉下，讓我吻她。

兩分鐘之後，她把我推開，自己快速起床，把裙子抖整齊。

「唐諾，」她說：「你不會亂批評我吧？」

「批評什麼？」

「說我行為不檢。」

「那也不過是接一下吻。你沒有被吻過呀？」

「在汽車旅館裡？沒有這種經驗！」

「有什麼分別嗎？」我問。

「有。」她的臉漲紅了。她匆匆走進洗手間，把門關上。

我用口袋中的梳子把頭髮梳一下。十分鐘，她走出來，我走進去，我用冷水沖沖自己的臉。走回來的時候，我說：「我在前面走，你慢慢地跟，萬一有人穿插進我們兩個之間來，下一個十字路你就轉彎，回你的家去。」

「為什麼？為什麼有人穿插進來我就回家？」

「很可能就是有人在跟蹤我。現在你先離開這裡，你回去把引擎打開先熱一下車。你留意左面旅館汽車出口的大門。我出來，你就跟著我。」

我留給她足夠的時間，然後我自己走出房來，走進我的車子，發動引擎，等車子溫一下，慢慢地離開車位。

卜愛茜看到我車經過，慢慢滑出來跟著我，沒有別的車想插隊或跟過來。

我把車開到一間情調很好，我熟悉的小餐廳，我們用早餐。

「好吧，」用完早餐我告訴她：「你現在回家。老時間，老方法，你去上班。我過一下會回公司的。」

「唐諾，剛才……剛才不會過火一點吧？」

我拍拍她肩頭道：「愛茜，你是好孩子。」

「唐諾，你也很好，你不占人便宜。」

我陪她走到她車子旁，替她開車門。她跨進車子，我在看她大腿。她神經地笑笑，把裙子拉下一點點。「唐諾，」她說：「不可以沒有禮貌。」

「犯法？」

「犯規。」

「君子好逑嘛。」

她把車門拉上，發動引擎，車子快速開走。

我上自己的車，開回住的地方，拿出取來的指紋，用放大鏡觀看。試著記下它的特徵。然後我把所有拓下的指紋包在一個郵包裡，貼上郵票，寄到一流的愛奇蒙大旅社去，指名由我自己親收。

第六章　玩什麼把戲？

柯白莎滿臉的笑容。

「夥伴，恭禧你了。」她說。

「喜從何來？」我問。

「當然是圓滿達成任務了。」

「任務既未完成，而且也不圓滿。」我告訴她。

她臉上掛不住，她說：「你在說什麼呀？」

我說：「這一類的工作，不可能那樣就算了事的。」

「亂講。」她說：「一切順順利利。」

「你怎麼知道？」

「我們雇主來過電話。」

「他怎麼知道的？」

「貝夏濃告訴他的。」

「貝夏濃怎麼會知道他的聯絡方法的？」

柯白莎研究了一下，她說：「沒錯，她應該是不知道的。一定是他打電話給她的。」

「這時候打電話到酒廊去找小姐，未免太早了點吧。」我說：「大部份小姐工作都到深夜，出去吃晚飯，然後在汽車旅館過夜。早上九點之前去找她們，是找不到的。」

「喔！也不必自以為是。」白莎說：「那傢伙告訴我他付過她一千元錢。給一個酒廊女侍應生一千元，你愛什麼時候給她電話，就可以什麼時候給她電話。」

「他說什麼？」我問。

「他說每件事情已經順利完成。他會在一小時之後到我們這裡來，給我們一些小獎金。他說要不是給了那女孩一千元，他會更慷慨一點的。這種錢對你而言賺得太輕鬆了。」

「輕鬆？」

「不輕鬆嗎？老天！」白莎提高聲音地說，「你帶一個漂亮女人去汽車旅館，在那裡住一個晚上，我們公司拿進兩千元。你還想什麼？嫌她不好看嗎？」

「好看。」我說。

「曲線怎麼樣？」

「曲線優美，腿部秀美，眼睛美極了。」

「你這渾蛋真幸運。」

「一點也不，白莎。這是一件謀殺案。」

「又如何？」

「千萬別小看了警察。」

「嘿！我又做錯什麼了？」

我說：「我只是告訴你，別小看了警察。」

「好吧，我不小看警察。這又如何？」

「你的朋友，宓善樓，」我說：「他……」

「他來了。」善樓像曹操一樣在門口接嘴道。

白莎從椅子上抬頭望他，她說：「你怎麼可以不經過通報，自己闖進來？」

「是我告訴你的總機不可以通報的。」宓善樓說道。

「你太喧賓奪主了。」白莎說：「那個總機小姐是我雇的！」

「這次她非聽我不可。」

善樓站在我們房門口，露著牙齒在笑，寬肩擋住了整個房門，他的確是個能幹的警官，目前他一直在愉快地欣賞白莎的窘態。

「你來幹什麼？」白莎問。

「我要你們攤牌。」

「攤什麼牌？」

「唐諾昨晚在玩什麼把戲？」

「把戲？」

「其實我們也知道他在玩什麼把戲，不必裝傻。」

「那你問唐諾自己，」白莎說：「我倒不知道，這個地方已經給警方肅清到如此程度了。小夥子隨便約個漂亮妞去開房間，還要向警方備案呀？」

「本來明文規定這是違紀的。不過這件事情不同，你沒有通知警方不打緊，整個警方還是會衝著你們來的。」

善樓走向一把椅子，自己坐下來，自口袋中摸出一支雪茄，塞進嘴去，但是並沒有點火。他自我的臉上，再看到白莎臉上，又回過來看到我的臉上。

「好吧，」他說：「有什麼說什麼吧。」

我說：「我把這馬子帶去汽車旅館。誰知道馬子上星期六晚上和另外一個男人也在那裡住過店。那男的付過兩三天的房租，也許他認為這是一個長期抗戰的派對。又正好上個星期六是龍飛孝被發現被謀殺的一個晚上。他就死在那旅館的游泳池裡。」

「昨晚發生什麼事了？」善樓問。

「我被人吵得無法入睡。」我說。

「太糟了。」善樓說：「據我所知，弟兄們不多久就離開，隨你們去幹任何事。」

「這樣嗎？」

「幾乎這樣，是不是？」

「為什麼你說幾乎？」柯白莎問。

善樓轉向她，同時把雪茄移到嘴唇的另外一側。他說：「這些弟兄好奇得很。你也不能怪他們，付稅的人就是要他們多多好奇。所以我們留下一個人來看我們唐諾小小的幽會發展到什麼程度。顯然的，後來並沒有什麼發展。」

「怎麼會？」白莎問。

「不到半個小時那女的離開了他，叫了一輛計程車，回家了。這女的好像有這個習慣。」

白莎看向我，一雙眼皮啪啪地搧呀搧的。

「之後，」善樓說：「這小子溜出門來，看看四周，打了電話招來了另外一個女人。」

「另外一個女人！」白莎大叫道。

「是的。」善樓說。

「他奶奶的。」白莎喊道。

善樓說：「我們也會推理的。唐諾到那裡去，不是和貝夏濃幽會的，他是有任務去的。任務既然已經完成了，他把夏濃送走，又把他真正要約會的女人弄來。

「唐諾的約會倒是真舒服的，旅館的房租是有人付了錢的。理論上一定會來打擾的人已經來過了，留下來的都是唐諾自己的美妙時刻了。」

「那個騷女人是什麼人，你們知道嗎？」白莎問。

「當然我們知道的，」善樓說道：「我們能不知道這是什麼人嗎？她是唐諾先生的秘書小姐。」

「這……我……真是要命！」白莎說。

「奇怪嗎？」善樓說。

「不見得。」白莎說：「一點也不奇怪——我倒不知道他們已經那麼——不過我知道他們在眉來眼去的。對我而言，我是不會去管他們的。老天！每當唐諾看她一下，她骨頭都會輕一點……」她轉向我：「所以下半夜你是和她在一起過的？」

我什麼也不說。

過了一下，白莎打破沉寂道：「這又怎麼樣，他們兩個都是大人，他們知道自己在做什麼。」

「你還不懂得個中奧祕。」善樓說。

「有什麼不懂的！」白莎道。

「你一點也不懂。」善樓道：「由於唐諾的下半夜是和他自己的女人過的，所以更證明了我們的理論：唐諾上半夜的做作，是為了生意。現在我們要的是你們這件事雇主的名字。」

柯白莎生氣地看著我。

「貝夏濃是一個挺不錯的女人。」善樓說：「據我們看，她並不出賣什麼東西。有的時候她很大方，如此而已。我們不管這種事。

「無論如何，她不會有錢去僱一個私家偵探，和她一起出遊，實行一個預先設計好的計劃。於是，這更加使我們好奇，在這件事幕後的到底是什麼人？」

「也許她請人不是用金錢來償付的。」

「這一點，當然我們是考慮過的。」善樓說：「不過我們已排除它的可能性了。只要你還是這個偵探社的資深合夥人，隨便什麼生意一定是現鈔。現在請你們告訴我，你們背後是什麼人出鈔票？」

柯白莎搖搖頭：「你知道我們不能說。」

「這是件謀殺案。」善樓道：「你們不可以顧左右而言他，他是什麼人？」

柯白莎看向我。

我搖搖頭。

善樓說：「消息絕對不會自我們警方漏出去的，不過你們一定要告訴我。」

我說：「只有這件事我們不能告訴你。」

善樓的臉變黑了，他把下頷咬緊，雪茄向上翹起了一吋。「小不點，這一次我是絕不會讓你過關的。」他說。

白莎道：「善樓，這件事胡來不得，那個傢伙是個有太太的人。他目前處境十分尷尬，他的名譽重要。」

「我們會保護他的好名譽。」善樓說：「我們拚死保護他的名譽，好不好？我們就是一定要知道他是誰。我們只調查一下，問他幾個問題。你可以再向他收點錢，說是和我們講好，絕對不會把他名字漏給新聞媒體一個字。」

白莎又看向我。

我說：「我們真的不能這樣做，善樓。這個人一樣有權告我們，我們也會被吊銷執照的。」

「他不過可能告你，我是絕對可以吊銷你們執照的，這一點，你們給我弄清楚。」他直接了當地說。

「用這一個理由，你就辦不到。」我說。

「也許可以，也許不能，但是我可以找別的理由的。對一件那麼重要的謀殺案，你們私家偵探知道的不可以閉口不說話的。」

白莎道：「這個人到我們這裡來尋求保護。他付錢也為了……」

「閉嘴，白莎。」我說。

白莎怒氣沖沖地看著我，閉上了嘴。

善樓站起來。

「好吧，」他說：「敬酒不吃，你們總會吃我罰酒的。我是一定要知道的，我知道之後，一定會記住今天早上你們是怎麼對付我的。」

白莎道：「假如你們真能保護他，也許我們可以問問他願意不願意把名字告訴你們。」

「我答應保護他，當然，一定要他沒有犯罪才行。」善樓說：「否則，我自己會把他分屍的。」

白莎道：「善樓，一個小時之後給我們一個電話，好嗎？」

宓善樓把他的大手放在門把上，他考慮地把眼睛瞇成一條縫。突然他說：「好吧！」一面走出門去。

我等他走出去很久，不可能再聽到房間裡的說話時，仍舊輕輕地對白莎道：「打電話給任加同。」

「不必，他馬上會到。」

「就因為如此呀，不能讓他來。」

「為什麼？」

我說：「是你闖的禍，你叫善樓一小時後打電話來，那表示你在一小時之內會和你客戶聯絡。他知道像這種事實在太敏感了，你不可能和客戶在電話裡討論。善樓會監視這幢大樓，我們一定要阻止任加同來才行。」

「不行，一點辦法也沒有，」白莎說：「他已經在路上，快到了。」

「好，」我說：「我現在下去，在大廳等他。我看到任加同，我會塞一張紙條給他，叫他去別的辦公室，千萬不能來看我們。」

「萬一被善樓捉住你在搗鬼的話，他會揍扁你的。」白莎說。

「讓他揍好了。」我說：「保護客戶是我們職業道德第一項。」

我隨便找張紙，寫了幾個字：「警方在監視我們辦公室。你照舊去電梯，去我們上一層的樓。那一樓有一位所得稅問題專家，進去問些問題。在我們告訴你可以之前，一定不要到我們辦公室來，有事可在以後電話聯絡。」

我離開辦公室，乘電梯下去到大廳。我直接走向大廳的香菸攤。

我曾經聽到過這裡管香菸攤的金髮小姐相當自由，五十元一晚上，只要有汽車接送，到任何地方都可以。

既然是有兼職的，過去聊聊天不會有問題的。

結果，傳言並沒有錯誤。

我買了包香菸，做作著要談談生意。我站在櫃檯的一角，她一面應付客人，一面有空的時候走過來聊天。

快要決定成交的時候，任加同自大門進來。他一心要走向電梯，所以沒有見到我。我走過去匆匆撞到他，把紙條塞進他手裡，口裡說一聲「對不起」，在他反應過來之前快速地走出大門。

我沒見到有任何人在留意。

我希望「插旗」的人會留在我們辦公室那一樓附近。宓善樓不可能在那麼短時間之內召集那麼多人，又在大廳，又在我們那一層監視。

第七章　辦公桌上的指紋

任加同給我們的名片上所印的地址，並不是那麼簡單。名片上名字是任加同，職位是加同企業公司的董事長，此外只有一個地址。找到這個地址，公司名稱是「蓋任投資管理公司」，而加同企業公司只是那家公司半打關係企業中的一個而已。其他子公司名稱也都羅列在牌子上。

手中提著採取指紋的手提箱，我告訴門口的接待小姐，我因為有緊急事宜，必須立即見到任先生的秘書小姐。我向她保證，我要說的事只能告訴任先生的秘書。

經過電話的轉接，我經過一扇門，走過一個長長的走道，走進一間鋪著豪華地毯，設備昂貴的辦公室。一位非常漂亮，一看就知道十分能幹的秘書小姐，坐在一張大辦公桌後面看著我。

在她辦公桌後面有兩扇門，門上都有描金名牌。一個是任加同，另外一個是蓋莫明。

辦公室裡有不少舒服的單人沙發，幸而當時一個等候接見的人也沒有。

我走向辦公桌，把手提箱緊緊地夾在我脅下。

「你是任先生的私人秘書？」我問。

「是的。」她說：「我是洪小姐。聽說你有一件重要的事要討論。」

「沒有錯。」我說，一面把我名片遞上。「我是柯賴二氏私家偵探社的賴唐諾。你該有些知道吧？」

她瞇起眼睛，「你是賴先生？」

「是的。」

「賴先生，你有證明文件嗎？」

我把駕照給她看。

她仔細地對照著，然後她說：「賴先生，你有什麼重要的事，要我轉告給任先生？」

「我要見他。」我說：「也許你知道，他才離開我們的辦公室不久。不幸的是，因為有情況，使我不能當場告訴他幾件相當重要的事情。我希望這些事情他能立即知道，你認為再有多少時間，他才可能回公司？」

「他打過電話回公司，再有半小時可以到，那是五分鐘之前的事。」

我聳眉道：「可是我必須要立即見他。」

「賴先生，你能等候嗎？」

我環顧一下這辦公室，搖搖頭，「這裡等不行。」我說：「我不要被任何人見到，尤其是假如有人來這裡是……這樣好了，我盡可能在他自己的辦公室等他。他一進來，你立即通知他請他進來，說我在等他，不過萬一有人在這間房間裡，你千萬不可以提起我的名字或者我公司的名字，要很小聲的告訴他，知道嗎？」

我極有信心，完全不管她的反應，經過她桌子，鎮靜地打開任加同的私人辦公室房門。

我不敢太快走進去，我也不敢太慢走進去。我不敢造成印象，使她認為我需要她同意才能進這私人辦公室。我要做出我是和她老闆那麼的熟悉，不論做什麼事，她老闆都會同意的。

有這麼一秒鐘，她好像在猶豫。然後她接受了這事實，有點躊躇，但她還是下了決定。

我把任加同私人辦公室的門在我身後關上。

辦公室中一切，都是為真正工作效率設計的。鋼質的辦公桌，上面用的是非常重金屬的桌面。桌面上有小抽屜可以放名片，有架子可以放信件及公事。

椅子很現代化，但是很舒服。有個小書架，上面放的都是常用的參考書。

我把銀粉拿出來，開始先檢查桌面金屬質地近坐椅一面的桌緣。至少有二打以上的指紋立即陳現在眼前。有六七枚不太清楚，其他的輕重都恰到好處，拓印下來一點困難也沒有。

我快手快腳把該拓印的全部印下來。拿出一塊鹿皮布來把桌子擦乾淨。

我走到門口去把門打開一條縫。

「洪小姐，你進來看一下好嗎？」

她自椅子上跳起來，有如我給她通了電。

她推門進來，我後退讓她進來。

「外面辦公室現在有人嗎？」我問。

她搖搖頭。

我說：「我本來希望在這裡等任先生回來的。再想想，不知道他什麼時候回來。我有一個十分重要的消息，希望你一定能轉告給他。」

「當然。」她說。

我說：「告訴他不論發生什麼事，絕對不可以和我昨天晚上在一起的女孩子聯絡。」

「和你昨天晚上在一起的年輕女孩子？」

「是的。」

「能告訴我，她姓什麼嗎？」

我搖搖頭，「這樣說就可以了——和我昨天晚上在一起的年輕女孩子。」

「他會知道你指的是什麼人嗎？」

「會的。」我說。

「那好。」她說：「我會轉告他的。」

「記住，不論發生什麼事，他都不可以去見她。」

「我知道，而且我會告訴他，是你留的口信。」

「那太好了。現在請你看看外面，如果外面沒有人，給我信號，我要走了。如果有人，把他送走，再通知我。」

她打開門，向外觀看，轉身道：「賴先生，沒問題。」

我走出去，手提箱仍在我的脅下。

離開外面辦公室的時候，我給她謝謝的一瞥，微笑地微微點頭，使她覺得替老闆做了一件私事。

她沒有回笑，眼上有疑問的雲翳，兩隻眼珠盯住地在看我脅下的手提包。

第八章　避風頭

我確定沒有人在跟蹤我的時候，開車來到愛奇蒙旅社。我用自己名字登記住店，問他們有沒有我的信件，他們把我自己寄給自己的郵包交給我。我在房間門上掛一塊「請勿打擾」的牌子，把收集到的指紋攤開來，個別檢查。

從汽車旅館裡採集的指紋，除了可以和香檳杯上採集的相同，而確定是夏濃的指紋之外，沒有一個可以確定是什麼人的，也許是清潔房間女傭的，也許是更前幾位住客的。我也沒有辦法確定從高級辦公桌金屬桌邊上取下來的指紋是什麼人的，可能是任加同的，可能是他女秘書的，當然也可能是他各種業務不同訪客的。

我急著希望能找到的是從辦公桌邊上採集的指紋，有沒有正好有一枚和我在旅館房間裡採集到的互相雷同。

半個小時之後，我找到了。一點疑問也沒有。有一枚我自任先生辦公桌上採到的指紋，正好一點不錯和一枚我在汽車旅館房間裡採集到的完全雷同。

我把整個事件研究了五分鐘，然後打電話回辦公室，叫接線小姐替我接通柯白莎。

「你死在哪裡？」白莎情緒惡劣地在叫。

「正在工作中。」我說。

「電話拚命在響，很多人在等你。」

「讓他們等好了。」我告訴她：「我只是告訴你一下，我可能要有一陣子不出來走動。」

「什麼意思，一陣子不出來走動？」

「避避風頭。」

「什麼風頭？」

「你馬上會知道的。」

「什麼風頭也沒有呀。」

「那麼千萬穩住陣腳。」我告訴她，一面把電話掛上。

我有一些可靠的朋友在警方做事，我請他們替我找VGH五三五車牌車主是什麼人。

那車子是希嘉露小姐的。

希嘉露小姐是名女人，是美麗的長腿女郎，離過婚，在遊艇、賽馬、高爾夫，這些圈子裡可以見到她的活躍，是鄉村俱樂部的靈魂人物。

所以，假如貝夏濃沒有說謊，週六的晚上希嘉露的車子曾停在親親汽車旅館的外面。

但是夏濃的話也不一定是可靠的。希嘉露的名字從未在這件案子裡出現過，報上未提起過，據知警方也未提起過。

她的名字萬一進入這件案子的話，新聞可大啦。

假如星期六晚上她在那家汽車旅館，她當然用的是假的名字——然則，又為什麼，一位每月有一張大額贍養費支票，有一幢豪華大房子的離婚女人，要住到親親汽車旅館那一類的地方去呢？

還是貝夏濃在說謊？

貝夏濃說她用來登記的號碼是照這個號碼選改一個字編造出來的。照道理，她不可能隨便編出一個號碼來，又正好這牌號是輛凱迪拉克新型車，一點也不錯。

我決定把這件事再重新多花點腦子來想一想。

第九章　屍體的指認

驗屍官的報告和警察局長的報告有很多不相印證的地方，不喜歡驗屍官為人的人趁機大放厥辭。他的一個副手，叫陸吉美的，為他管公共關係，做發言人，一直在為他爭取各方關係及好評，我和他有一面之緣。

我花了一個小時，才等到他有空來接見我。

他看看我的公事名片，說道：「賴，我可以為你做什麼？」

我說：「保險公司是非常令人厭惡的，是嗎？」

他開始要點頭，然後一直在做公關的習性出現在腦子裡，他說：「當然，賴，你也不能盡怪他們。他們要的是絕對沒有疑問。」

「我知道，」我說：「不過他們有的時候花太多錢，太多時間，只是在原地打轉。」

「這樣看來，」他笑著說：「你是在代表一個保險公司，目的在找我們很多的麻煩。這樣說不過是使我們舒服一點的前奏而已。」

「也許，」我說：「龍飛孝的事怎麼樣？」

他的臉一下子什麼表情也沒有了，「賴，關你什麼事？」

「屍體解剖怎麼說？」

「賴先生，這是一件警方的謀殺案。你該知道我什麼話也不能說的。」

「我不管什麼人殺了他。」我說：「我在查保險的角度。」

「什麼叫保險的角度？」

「屍體的指認有沒有關係？」

「老天！一點也沒有。」

「有可能是自殺嗎？」

「你先告訴我，一個人怎麼能夠把自己後腦打一個塌下去的洞，然後我們再談自殺的問題。照後腦的這一下重擊，再怎麼說龍飛孝自己是不可能弄成這樣的。再說，決定自殺的人不會有自己把自己用重物打死的。聽到過服毒、跳河、手鎗，再不然上吊、吃安眠藥、服巴拉松、割腕。沒聽到過拿一支棒球棍在後腦勺子上打上一棍的。」

我說：「陸兄，我也是為混口飯吃而已。有沒有可能游泳池裡沒有水，而龍飛孝以為是有水的。龍飛孝走上跳板，來一個飛龍在天，想要潛個水，於是撞上了水泥，潛龍勿用了。」

陸說：「賴先生，這一些事，就是我不能討論的地方了。」

「對保險公司就大有用處的。」

「保險公司就該自己去挖掘證據。」

「好吧，」我告訴他：「我們就先來查對一下屍體的指認。」

「你說什麼——為什麼還要談指認？」陸說：「要知道，這傢伙，全城的人沒有不認識他的。」

「我知道，我知道。」我說：「不過你也懂保險公司規定是如此的。」

「你在替哪家公司工作？」他問。

「我從來也沒有說過我在為保險公司工作呀。」我說：「我只有說過我想對這件事弄明白，而保險公司對這一類事件有非常好的常規制度。當然，至少我在這方面要努力達到保險公司的水準。」

他大笑說道：「很會說話，很會說話，其實多此一舉，這不過更加說明你已經被某家保險公司雇用。不過，公司希望你能秘密地調查，不要太張揚而已。」

「經過調查，死者是龍飛孝本人沒有問題？」

「當然沒有問題。老天！賴，你在幹什麼？你是不是知道什麼我不知道的？」

「我什麼也不知道。我只是要把所有小節都查過沒錯。指紋怎麼樣？取下了他指紋了？」

「當然我們取下他指紋。每個經過我們這個門的人都必須留下指紋。」

「和政府官員檔案的指紋對照過了？」

「沒有，」陸說：「我的意思是還沒有。我們對這件事非常確定，一直是沒有問題的。而你現在出現在這裡問三問四的，到底是什麼居心？」

「你有他的指紋嗎？」

「我對你說過，有的。」

「我能看看驗屍報告嗎？」

「不可以。」

「指紋呢？」

陸猶豫了一下，他說：「有何不可，我可以拿給你看。」

我們走出房間，來到檔案室，回來的時候我手裡多了十個指紋的拓本。

「弄份拷貝給我如何？」

他又猶豫了一下，說道：「有何不可。」走過去走到複印機，給我複印了一份。

「這樣夠好了吧？」他把拷貝給我說。

「夠好了。」我說：「這拷貝足夠比較指認了。」

「賴，為什麼弄出了一個指認的問題？」

「我怎麼知道？我只知道我要重新調查一下這個問題，使本案在這方面沒有缺點。」

「有人提出疑問來了？」

「無可奉告。」

「那是指你不能告訴我？」

「隨你怎麼想。」我笑笑。

「好吧，」他說：「你要的指紋我給了你。在這裡我要記錄一下，保險公司曾經提出過死者的指認問題。」

「別那樣做。」我說。

「為什麼？」

「因為這不是真相。」

「那麼真相是什麼呢？」

「你可以確定屍體經過如何如何之法定手續，在指認他是龍飛孝這方面，已經毫無問題。他是葛史旦這件案子的起訴地方檢察官助理，葛史旦因為受嫌謀殺他自己太太而被起訴受審，這件案子造成相當大的轟動。所以龍飛孝很受大眾注目，他的死亡使很多人發了很多個問題。以上這些，你可以稱為絕對是真相，超過這個範圍的，目前都不太靠得住，都只是猜想。」

「猜想有害處嗎？」他問。

「猜想假如最後成為正確的，就沒有害處。」

「最後猜得不對呢？」

我對他凝視著，「那你就倒楣了，」我又加一句：「這個衙門也倒楣了。」

「賴，你別亂講。」他說：「最近這個單位麻煩夠多了，不由你再搗亂了。」

「我也有這種感覺。」我告訴他。

「好吧，我們來這樣說：假如保險公司有什麼理論，最後調查出來和事實相同或接近，而對我們公家是十分有幫助的，我們自然也希望知道這是哪一個角度。」

「於是乎你可以告訴警方？」

「這對我們是有好處的。」

「有好處嗎？」

「有的。」他說：「你知道，最近警方一直——這樣說好了，一直沒有以前那樣合作。」

「所以你想去找他們，給他們一個新角度新看法？警方會考慮，將來有一天你們會利用這件事使自己有名氣，而使警方難看，」我說：「這可好玩，是嗎？」

他做個鬼臉，露出牙齒而笑，「仔細一想，這樣反而不好玩。」

「換句話說，」我道：「仔細一想，你還是覺得現在這種警檢關係也沒有什麼不好。」

「只要老百姓不來亂搞，使警檢兩方受到壓力。」

「我沒亂搞，我只是問你在屍體指認上做了什麼，又在指認上有沒有什麼問題。」

「我回答你什麼呢？」

「你告訴我，你們調查報告已經宣佈了，你現在的情況已經不便發言了。」

「我讓你看了檔案了，不是嗎？」

「沒有，你從檔案中給我一套指紋，目的是我也可以校對這個死者的身分。萬一有什麼錯誤的話——」

「怎麼會有錯誤呢？——指紋？」

「指紋怎麼會錯？」

「也許——老天！我不知道。賴，天下之大無奇不有。龍飛孝也許在大戰中死亡，有人拿到他的『狗牌牌』自稱龍飛孝，從此回來以龍飛孝的模式生活。」

我說：「你電視看多了。你看，你有他的指紋，政府有他的指紋，再對一下聯邦調查局的指紋，你們就天衣無縫了。」

「認為我們不照這一套標準作業程序做的人，都有毛病。」他說：「現在你既然神神秘秘地特地來這裡問東問西，我等一下還要把屍體的腳印，和他出生的醫院對一對。

「目前，你可以給我滾出去了，我總也應該有個下班時間，我要回家吃飯去了。」

我離開他們辦公室，回到旅社，又開始查對指紋。突然，我從坐椅上跳將起來。我又查到一個雷同的。龍飛孝有一個指紋，和我在親親汽車旅館二十七號房取到的一枚指紋完全雷同。

現在，我們的偵探社已經陷入了一件謀殺案，陷得深到眉毛了。

一家私家偵探社要是搞上這樣一件案子，等於是站在一座隨時都會爆發的火山邊緣，也等於是在地下爆竹工廠摸黑，想點支火柴看看到底房間裡還有多少火藥。

最大的困難，是指紋沒有時間指標。

假如被謀殺的人曾經和貝夏濃及任加同一起在這房間裡住過，我只能朝一條路走，也是唯一的一條路。

但是，也許龍飛孝只是在他們去旅館前，到過那房間？汽車旅館的房間，每一天通常要反覆出租好幾次的。

這家汽車旅館很高級，似乎不像賓館之類。但是誰知道呢，不是很多的違法事件在表面上都是冠冕堂皇的嗎？

這家汽車旅館到底又是怎樣一種形態的呢？

假如當天這一幢房間曾經出租兩次，經理部門極可能已經把第一次租房紀錄銷毀，也許為了稅金，也許經理部門會揩老闆的油。萬一不幸被我料中；那麼，這家旅館現在的處境會和我一樣糟糕。

我走去一個電話亭，接希嘉露公寓的電話。我對來接電話的女人說：「希太太在家嗎？」

「請問是哪一位？」

「一個有上星期六晚上，十分重要情報的男人。」我說。

「請問貴姓？」

「週末先生。」

「週末？請問大名。」

「騎士。」

「這種電話我很難轉告給希女士的，週末騎士先生。你說你是這樣稱呼的？」

「是的，週末騎士。」

「週末騎士先生，」她說：「我們收到各種電話，但是——像——」

我聽到一個女人的聲音在問：「露莎，你在胡謅什麼？」

電話裡一陣寂靜，顯然露莎在回報她上司的時候，把手掌摀住了電話聽筒。

過了一下，另外一個女人聲音來接電話，聲音很小心，有防備，冷冷的。

「週末先生，你能告訴我，你是做什麼生意的嗎？」

我冒一下險。

「請你轉告一下希女士，」我說：「有一位私家偵探，叫賴唐諾。他現在在愛奇蒙旅社住。他在調查上個星期六夜晚某一家汽車旅館裡住過的客人，尤其是有名有姓的證人。」

「到底你是什麼人？你說你是週末先生？」

「其實呀，」我說：「我的名字是聖誕老人。我只是想送給希女士一些有用的消息。姓賴的是個大笨蛋，他一心一意只想把調查得來的消息告訴他雇主，需要有人出面阻止他。我現在告訴你這個消息，對我而言太太危險了。我想你該是希女士的秘書吧？為她好，你該把這消息早點告訴她。」

我把電話掛上，回去愛奇蒙旅社。我想今晚上睡不成了。但是不然，啥事也沒有發生。

第十章　敲詐信

第二天早上九點半，我喬裝了聲音打電話回辦公室，告訴總機小姐，我的名字叫孫哈雷，是賴唐諾一直在想聯絡的一個證人，問我能不能和賴唐諾說話。

總機小姐說她可以讓我和賴先生的秘書通話，過不多久，卜愛茜的聲音出現在話機對面。

我繼續喬裝孫哈雷一段時間，以免總機小姐會偷聽，但是，我的喬裝聲音並沒有騙過愛茜。

「孫先生——你現在在哪裡？」她問。

「工作。」我說。

「什麼地方？」

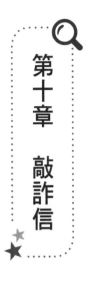

「你最好不要知道。」

「白莎叫得嗓子都啞了。」

「讓她叫去。」

「萬一她知道我和你講過話，又不告訴她你在哪裡，會開除我的。」

「我在哪裡？」我問。

「我——我不知道。你沒告訴我呀。」

「這不就結了嗎？」我告訴她：「你根本不知道——宓善樓來過嗎？」

「他來過嗎！」她大叫：「最近的半小時內來過兩次。」

「白莎也想知道我在哪裡，是嗎？」

「那當然！」

「好吧。」我說：「我打過電話給你。我非常想立即和宓善樓談談。我找過他，他不在辦公室，所以我打電話回來問他在不在我們辦公室。你說他不在。你說柯白莎要找我。我說我在和宓善樓談過之前，真的不能先和她談。告訴她這件事太重要，我一定得先和善樓見面，我有極重要，極重要的事要告訴宓警官。」

「之後又如何？」

「之後我把電話掛了。」我說。

之後我真的把電話掛了。

我坐下來等。

等待是世界上最傷神的一件事，越等越沒有事發生。

有一位好朋友就說過，假如你在等一個重要電話，不要在電話邊上等，到浴室裡去等。

中飯之後，我又打電話給辦公室。

「情況如何，愛茜？」我問。

「白莎在跳腳。」

「跳多高？」

「要不是上面還有人住，早把屋頂跳穿了。」

「有人打電話問起我嗎？」

「好多。」

「來找我的有沒有？」

「一個女人，說是不肯留名，死活坐著等你回來。」

「高高的金髮美——」

「不是，曲線很好的褐色頭髮。」

「多大年齡？」

「二十七，二十八，也許三十。」

「好看嗎？」

「正點。」

「沒告訴你，找我為什麼？」

「沒有。」

「等多久？」

「等了一個多小時。她好像很有把握你至少會打電話進來。她在外辦公室等了一下，進來和我聊一會天，問我你有沒有打電話進來。」

「你就對她說了個謊？」

「我當然會說謊，只是你也根本沒有打電話進來，所以不必說謊。」

「你還知道她一些什麼？」

「我能告訴你她穿哪一類絲襪，她用什麼樣的香水，我知道她用的皮包在哪家店裡買的，還有她的鞋子。我知道她結過婚，又離婚了。她現在有個固定男朋友，她可能會嫁給他，但是他還沒有提出求婚，也可能他不會提起。她也很坦白，她說他也沒有理由一定要娶她。」

「換言之，」我說：「你們說了不少女人之間不能給男人聽的話？」

「是的。」

「你告訴了她一些什麼？」

「什麼也沒有。」

「這些話，你們都是在你辦公室，還是在外面辦公室聊的？」

「在我辦公室。她坐在我辦公桌桌子邊上聊了一會兒。我們聊得很愉快……她的腿很美。」

「好吧，」我說：「她也許還會回來的。」

掛上電話，我又等。

沒有什麼事發生。

三點鐘，我打電話給白莎。

「你死在哪裡？」白莎問。

「在辦一件案子。」

「哪件案子？」

「電話裡不方便說。」

白莎道：「善樓一直吵著要見你，他有不少事要和你談一談。」

「我也想見他，」我說：「我在見他之前，尚有一些小的技術問題要先解決。」

「我要和你談談。」白莎說。

「談什麼問題？」

「唐諾，我要清清楚楚告訴你，我們對善樓不可以有一點點的隱瞞。善樓也已經一再警告了。假如我們不告訴他我們客戶的名字，我們的執照一定會被吊銷的。他說他不會對任何人說，這個名字是我們告訴他的。我們必須在兩件事上選擇一件：告訴他，或者是我們永遠不再做生意。他說警察對謀殺案絕對由不得私家偵探包庇。」

「他什麼時候對你說這些的？」

「昨天下午，今天早上九點又說。」

「你告訴他了嗎？」

「沒有。」

「今天下午他來過嗎？」

「沒有。」

「電話？」

「也沒有。」

「那你一定告訴他了。」

「我沒有做過這種事！」

「白莎，你在說謊了。」

「好吧，我們必須要保護我們吃飯的攤子呀！」

「原來如此，」我說：「怪不得善樓不曾四處找我，迫我要講真話，他不必了，你已經被他迫倒了。」

「他會保護我們，沒有記錄的。」

「信他才有鬼。」

「我必須這樣做呀。這個案子亂七八糟。你有沒有看到昨天在法庭裡發生什麼了？」

「沒有，怎麼啦？」

「由於龍飛孝的死亡，地方檢察官要求本案能延期再審，被告方面強力反對。庭上最後決定給地方檢察處四十八小時，要他們臨時指定一個新的起訴檢察官，要他快速熟悉這件案子。

「一般輿論都認為龍飛孝已經發現了什麼重要關鍵，可以傳呼什麼出乎意外的證人。地檢官輸不起葛家這件案子，警方又不能不偵破龍飛孝的謀殺案。他們都要全力以赴，而且要打破砂鍋的。」

「這跟我們沒有什麼相干，」我說：「我們又不吃公家飯。」

「你倒也不必因為我告訴了警方我們客戶的名字，就完全不合作起來。你至少可以使宓善樓認為我們還是合作友善的，把我們的發現、我們的想法告訴他。」

「目前他根本不在乎我的想法。」我說。

「他會的。」

「我們被整死，他也不會過問。」

「你現在在哪？」

「不能告訴你。」

「什麼意思不能告訴我？我是你的合夥人，你不能——」

「因為你會告訴條子。」

「為什麼不能告訴警察？」

「我還沒有準備和他們講話。」

「他人不錯，準備和你講話。」

「我就怕這一點。」我說，把電話掛斷。

半個下午就如此過去。

什麼事也沒有發生。

那是暴風雨之前的寧靜。

我把收音機打開。我聽到公訴葛史坦和寇瑪蓮謀殺葛太太的案子，明天要重新開庭審問了。地方檢察官也指定了一個新的出庭助理。警方認為龍飛孝遇害的時候，正在拜訪一個前所未為人知，出奇制勝的本案證人。

四點鐘的時候，我決定我已等得太久了。房間裡有一台電視機，我趴下去，用膠帶紙把指紋資料一起黏在電視機的底下。

我把手提袋整理好，正要想離開時，門上一陣輕敲。

我走去門口開門。

我沒有親見過希嘉露，我見過她照片。

人比照片嬌美。

我假裝出乎意外，「你……你……我……你好。」

「你好。」她說：「我可以進來嗎？」

她推著我，自己走進房來，把身後房門關上，雙手背在後面站在房裡，品鑑地看著我，然後她微笑了。

她，金髮，長腿，全身是活力，她有深深的藍色眼珠。她站在那裡全身像歡迎我似地在微笑。

「唐諾，我來了。」她說。

「你知道我是什麼人？」

「當然我知道你是什麼人，我還知道你想做什麼。我是希嘉露，你想要把什麼往我身上推？」

「我沒有想把什麼往你身上推。」

她再向我移近一點，動作之誘人，可以使一團人吹口哨。

她說：「我坐下來可以嗎？」再把自己軀體移動到一個沙發邊上，坐下，把雙腿一交叉。

「你一直在東問西問。」她說：「唐諾，你不應該如此的呀。」

「不東問西問，怎麼知道想知道的東西呢？」

「倒也對，不過唐諾，你也可能問出自己不應該知道的東西來的。……這裡很熱，我把外套脫掉可以嗎？」

「隨便你要脫多少都可以。」

「你希望我脫多少呢？」

「我作主嗎？」

「也許。」

她脫掉外套，向我靠近，把雙手圍住我腰部，誠意地看向我。「唐諾，」她說：「你不會使一個女人名譽受損吧？」

「除非萬不得已，否則不會。」

她的雙手自我腰部移向臀部，把我拉近她，「我對朋友都很慷慨的，可是對敵人非常殘忍。」

「也是辦法之一。」

她雙手把我緊緊拉近她。突然她退後，拉下拉鏈，脫掉她的套裝。

她現在只有胸罩、內褲和褲襪，她有我見過最美的長腿。

她很小心地把套裝放在椅子背上，她說：「唐諾，我喜歡我的朋友。」

她以搖曳的美態走向我，把右手放在我頭上。突然，她用長而尖的指甲抓過我的臉面，向後退，大聲尖叫，順手抓起一個玻璃杯向我擲來。

她伸出一隻手把胸罩一拉，它自她左肩拉落，一條帶子仍掛在右肩上。

房門一下子推開上，三個大個子男人進來。

「捉住他！」她叫道：「捉住他！」

一個人一拳擊向我頷下。我後退，額頭被擊中，另兩個人分別攫住我的兩腋，手銬銬上了手腕。

「他想強姦我。」她叫道，一面倒向床上，哭得很傷心。

兩人中的一個給我看他的警章。「好吧，老兄，」他說：「你在幹什麼？」

我感到血自臉上淌下，滴到我襯衣上。

「你可以調查一下。」我說：「這女人幾分鐘之前進——」希嘉露掙扎著自床上坐起，一面把拉壞了的胸罩用手扶著。她說：「這傢伙想敲詐我。他寫了這封信，恐嚇我，要我給他錢，我願意給他錢。但是他還要——要我。我不同意，他就用強的。他說我沒有權力反對他。」

「他拿了你錢嗎？」一個人問。

「當然他先要拿錢，拿了。你以為他真正目的是什麼？——其他是後來臨時起意的。他放在他右後側褲袋裡。」

我突然想起她拖我靠近她的時候，她手在我後面活動的情形。

一個人伸手向我後口袋，拉出一疊用夾子夾好的現鈔。

「這就是那些錢沒錯。」他說。

「你先對一下號碼，確定一下。」她說，一面還搗著胸罩。

然後她站起來，走路時走得那麼自然，像是全身盛裝一樣，走到椅子旁，把套裝拿起來，抖一抖，遺憾地看它一眼。

衣服上早有一條裂痕，我本來沒有見到。

「你們誰能給我一個安全別針。」她說：「這樣子我怎麼出去？」

其中一個男人說：「把那封信給我看。」

她打開當初一進來就放在床上的皮包，拿出一封信交給他。

男人把那封信揚在我臉前。「見過這封信嗎？嗯？」

那是一張一般的信紙，不過比普通信紙要短三吋長，信紙頭上不太整齊，看得出是什麼公司行號的信紙，把信頭給裁去了。

信紙上貼著剪自報章雜誌的信文。

內容說：「為你好，你應帶錢來看我，不可報警。」

「我從來沒有見過這封信。」我說。

「像話嗎？」一個人說。

「你們怎麼知道這件事的？」我問：「專誠等候在門外，等著這個女人脫衣服？」

「少自作聰明，朋友。我是警官。」

「另外兩位呢？」

「我是私家偵探，」另一男人說：「黑鷹私家偵探社。」

「我又是她朋友，又是貼身保鑣。」再另外一個男人說。

「貼身保鑣保多少工作？」我問。

一個男人給我一個耳光，被她抓破的地方鮮血猛流。

「不可以這樣！」警官說：「他在說話，不可以用暴力。等他說完了，該由我處理。」

希嘉露說：「標準的私家偵探中的敗類。不知哪裡得來一點消息，急著就用來敲詐。」

「我有什麼你的消息呢？」我問。

她笑得很甜，她說：「我知道警方相當有興趣捕捉敲詐的人，所以他們願意替付稅人保密。你說的問題，我自己會向檢察官報告，現在不必說。」

我看向她嘲笑的眼神。我說：「也可以，我來說好了。」

有一陣，這句話使她吃了一大驚，然後她狠毒地說：「你試試看，你破壞我名譽，我會真正的叫你不得好死。」

「我才是需要貼身保鑣吶。」我說。

警官說：「姓賴的，我要把你帶走，要關你起來。」

「什麼理由？」

「勒索罪。」

「我們來對一下鈔票上的號碼。」兩個男人中的一個說，「趁大家都在這裡，可以有個見證。」

一疊鈔票計有一百元的十張，警官唸號碼，另外一人對一張名單。

警官把鈔票放入口袋，說道：「姓賴的，我們走吧。」

「你知道我是什麼人？」我問。

「知不知道你是什麼人?!」警官說：「我們對你摸得清楚得很。你的車就停在門外，車上有你執照。由於在旅社登記的是真名，這一點我們沒法整你，但是捉住你敲詐是一點沒有問題的，其他嘛，也許可以告你強姦未遂罪。」

「我們先弄清楚一件事。」我說：「她來這裡付我敲詐她的錢，你們在門外等。一有信號，你們進來抓住我，在我口袋中找到那筆錢——是不是？」

「有什麼不對嗎？」警官問。

「她的衣服在椅子背上搭著，衣服的位置被撕裂的地方看不到，她胸罩拉下一半，我臉上被抓了。假如你們在門外等待信號，她為什麼不在我脫她衣服的時候就叫？為什麼要等先抓我臉，又等我抓她胸罩？我要開始動粗，或是看我想動粗，就該叫你們，對嗎？」

警官的臉色膽怯了。

希嘉露說：「一切發生太快了。我被弄糊塗了，我忘了打信號。」

一個男人說：「夠了。假如你們要站在那裡任由這個人污辱希小姐，警官，我會直接親自去見你們局長。我想你總聽說過我的名字——陸哈登。不是自己吹牛，我在本市有很大影響力的——事實上，不止本市，可以說本州都是很有影響力的。」

希嘉露給他一個充滿允諾的微笑。

警官對我說：「我目前並沒有以強姦未遂或意圖強姦來逮捕你——至少目前沒有。我要帶你進去的罪名是勒索。走吧，早晚要走的。」

他們把我帶下到一輛警車旁。警官用無線電報告行蹤，「我才在愛奇蒙旅社帶到賴唐諾，」他說：「他有一千元登記過號碼的鈔票在口袋裡。你們可以帶搜索票去搜了。」

他把無線電關上。

「搜索票幹什麼？」我問。

警官沒有理我。

我的手仍銬著。警官開車，其他的人和希嘉露另用一輛車，跟在我們後面。

警官根本沒有在趕路，他只是在慢慢開車，故意在每個紅綠燈湊上紅燈停一下。最後，他把車靠向路旁，把車停妥。「我要先買份報紙。」他說。

他把正在賣報的報童叫過來，買了份報，坐在車裡看起報來。

「有連載小說沒看嗎？」我問。

「閉嘴。」他告訴我。

過了一下，他又用無線電聯繫，「十六號車，特別出勤。有什麼報導？」

「有，才進來。」聯絡總機說：「消息是給你的。撕下的信紙頭已於辦公桌內找到。」

「好了，我把他帶進來。」

警官掛上無線電，把車子拉離路邊，這下是快速前進。

我們來到總局，他們留下了我的指紋，辦好羈押手續，帶我上樓，把我放在看守所裡。

十分鐘之後，宓善樓走了進來。

「哈囉，小不點，」他說。

我什麼也不說。

「聽說你私下想做一些敲詐的勾當，嗯？」

「你怎麼會有這種想法的？」

他咯咯地笑道：「我給你看我怎麼會有這種想法的。你看到這封信嗎？」

他展開一張摺疊起來的信，信上的字都是剪字貼起來的。

「我現在在看。」

「再看看這一片撕下來的信頭。」

他拿出一長條信紙上撕下來的信紙頭。上面印的是柯賴二氏私家偵探社和它的地址、電話等。

兩張紙湊將起來天衣無縫。

「這是在你辦公室辦公桌裡找到的。」宓善樓說：「老天，你也真不小心！費那麼多心血剪下那麼多字來湊成一封信，目的是為了不使人發現什麼人寄的信，而自己把撕下來的信頭留在辦公室裡？」

「看起來會不會太笨一點呢，警官？」我問。

「壞蛋缺點都差不多。自以為聰明，結果做傻事。」

「這件事也未免太傻一點。」我說：「幾乎是白痴了。」

善樓看向我說：「怎麼說。」

「你自己想，你知道我已經很久了。我會做這種白痴事嗎？」

「難說。」他說：「事實勝雄辯嘛。」

「不見得。」我說：「你說的當然是事實，但事實是被人扭曲過，以便適合你的。」

「你的故事又如何？」他問。

「我沒有故事。」

「那你最好得有一個。」

「到合適的時候，我自然會有個故事說出來的。」

善樓道：「別生氣，賴，沒有理由非要我們倆意見對立不可。假如你不是一隻老把羽毛撐得那麼大的小雄雞，我們早就可以成為好朋友的。」

我說：「好吧，我有權請你立即移送最近、最方便的法官或者推事。」

「賴，這樣做，對你不會有好處的。你在辦的案子，據我看可能——只是可能——和龍飛孝的謀殺案有關……過去，我們倆老有些不同看法，現在並不表示不能成為好朋友。我現在的地位，可能——只是可能——能夠幫你點忙。」

「可能，只是可能。」我說。

「告訴我，你為什麼要敲詐這小妹子？」

「據我知道，他們在我後褲袋裡找到了登記過號碼的鈔票。」

「沒錯，你現在告訴我，怎麼會到你褲袋裡去的？」

「你想呢？她把她雙手放我臀部，把我拉近她，是她把鈔票塞進我後褲袋裡去的。」

他大笑道：「她可不是這樣說的。」

「當然這不是她說這件事發生的經過。但是，這是我說的這件事發生的經過。」

「整個故事怎麼樣？」

「我有權請你移送最近、最方便的法官或是推事。」

「你忘了，下面還有一句『不得藉口拖延』。」善樓故意裝著我說話的聲調說。

「我沒忘，是你忘了。」我告訴他。

「你一直是自己在找自己麻煩，小不點。」

「事實上，你所希望的是使你自己陞官發財。」我說。

「我們本來可以雙方合作的。」

我聽到鐵鎖被打開的聲音，重重的腳跟走路聲，然後看到白莎大步來到面前。

「搞什麼鬼！」她說。

善樓轉回頭去：「哈囉，白莎。」

白莎看向我。「你是怎麼搞的？」她問：「你臉上都是血，襯衫都給血濺得污七八糟了！」

「警方的暴力明證。」我說。

「你這王八蛋！」善樓說。

白莎對他恨恨地看一眼。

「真正的事實是他看錯了一位女士。」善樓說。

「你才是看錯對象了。」白莎說：「叫一批你的人衝進我們偵探社，把整個公司翻得像小偷光顧後的現場一樣，雖然你有搜索狀，也不可以這樣對付我呀！」

「我們並沒有亂翻，」善樓說：「我們直接走去小不點的辦公室，打開抽屜，我們要的東西就在那裡。」

他自口袋中把給我看過裁成兩張的信紙拿出來，把它們對在一起，給白莎看。

白莎看了一陣，看向我。眼睛冷冷的在閃光。

「再說，」善樓道：「我們在他口袋裡發現一千元記下號碼的鈔票。」

「什麼人把你臉抓破了？」白莎問我。

「希嘉露。」

「我是你的話，就不再提起她的名字。」善樓說。

「為什麼？」

「她可能決定不告你，她不喜歡這種宣傳。」

「告訴她可以。」我說：「她不告我，我不再提她的名字。」

善樓躊躇著。

白莎說：「她憑什麼抓你？」

「他把她衣服撕掉。」善樓說。

白莎這下真的大笑了。

「有什麼好笑？」善樓想知道。

「你有想強姦過一個長腿運動型的女人嗎？」白莎問。「一個網球、游泳、滑水和馬術健將？」

「沒這種經驗。」善樓說。

「有空試一傢伙。」白莎說：「走了，唐諾。我們不跟他們在這種地方鬥。」

「你什麼意思？」善樓問。

「五千元，保釋。」白莎說。

「什麼人湊的錢？」

「我。」

「豈有此理！」善樓說：「對這種人，何必那麼快呢？」

「宓善樓，你給我聽著。只要你拿了搜索狀衝進我辦公室，你就會看到我有行動，很多行動，很多很快的行動。這是五千元保釋的收據。現在請你把大門打開，讓唐諾好好地出來。」

善樓走向外面，大叫道：「開門，讓他們出去。」

「來了。」走道裡響起走路聲，走道端的門打開，我們出去。

柯白莎對我說：「老天，你的樣子真難看。」

「我知道，」我告訴她：「我們要把這件有血跡的襯衣保留下來，這是警方使用暴力的證據。」

善樓說：「我覺得保釋金定得太低了。」

白莎說了一句通常女人不會說的粗話。

善樓陪我們走向物品保管處。他們把我的東西還我。

柯白莎說：「有一輛我們公司的車子在下面。」

善樓不死心，他說：「唐諾，這件事你可能會有大麻煩的。」

「他現在的麻煩還不夠大呀？」白莎問。

「我們會盡可能不使他上報的。」善樓說。

「什麼時候開我的調查庭？」我問。

「私下告訴你，那女人可能不想告你。」

「我們走。」我告訴白莎。

我們大步走出看守所。

宓善樓看我們走出去。

柯白莎開車。「你到底在搞什麼飛機？」她問。

「我自己也不清楚。」我告訴她。

白莎說：「你一身亂糟糟，臭哄哄。你該先回住的地方把臉洗洗，擦點消毒藥水。老天，她可真能抓。」

「那是設計好的。」我說。

「就算是的，為了什麼？」

我說：「因為我在四處搗蛋。」

「搗什麼蛋？」

「查指紋。」

「什麼指紋？」

「汽車旅館裡我找到的指紋。」

「都是什麼人的？」她問。

「目前為止，」我說：「我已經找到四、五個人的指紋了。」

「這樣說來，任加同不是只有和夏濃兩個人在旅館裡？」

「只能這樣說，任加同在旅館房間裡待過。其他人也在這旅館房間裡待過。」

「你怎麼知道？」

「我去過任先生的辦公室，從他的鋼質辦公桌上取下來指紋，他的指紋和貝夏濃的指紋都在汽車旅館房間裡。現在要說到使我不明白的地方了。」

「什麼？」

「龍飛孝的指紋也在那房間裡。」

「什麼呀！」白莎叫喊出聲，下巴在抖。

我說：「有可能龍飛孝、任加同和貝夏濃三個人有一些事在討論。」

「應該是的。」白莎說。

「倒也不一定。」我告訴她：「記住，指紋是沒有時間性的，龍飛孝也可能較早和別的女朋友也在這房間裡待過，他們走後，旅館整理整理房間又出租給任加同和貝夏濃。」

「好的旅館也這樣幹？」

「你想想他們會不會。」我說。

「像親親那種高級，有那麼多房的旅館？」

「一樣的。」我說：「只要他們確定客人不再回來了，都這樣幹。」

「如此言來，龍飛孝自己也有個小姐？」

「可能是有一個人一起去的。有人看到他們裝妥行李，開車離去，房子當然可以再出租。」

「什麼人看到了？」

「夜班的安全人員。」

「和他談過嗎？」

「沒有。」

「為什麼？」

「警方已經先和他談過了，十八代祖宗的事都查過了。」

「那麼他一定什麼都告訴警方了。」

「會嗎？」

「為什麼不會？」

「對汽車旅館的名譽不大好的。」

「那麼你認為他會對警方說謊？」

「一定的。」

「你認為和龍飛孝在一起的是什麼人？」

「你開車帶我去我被捕時待在裡面的旅社，」我說：「我要把我一些東西拿回來，還有那一部公司車，之後我們再談這件事。」

「你臉都被人揍腫了，你需要一些防止發炎的東西，也許雙氧水有用。你還得先換件衣服。血怎麼會濺得這種樣子的？」

「一個傢伙趁我在淌血的時候，打我的臉。」

「這個狗娘養的王八蛋。」白莎說。

我告訴白莎方向，她開車來到愛奇蒙大旅社。

「你跟我來！」我說。

白莎把車停好，跟我進去。

旅社女經理走過來說：「賴先生，我們旅社不方便接待你了。」

「我回來了。」我說：「我房租付到了明天的。」

「我們有權拒絕不受歡迎的客人住店。」

「我為什麼會變成拒絕來住戶呢？」

「我們不歡迎想強姦女人的住客。」她說。

「我有沒有強姦女人呢？」

「警察這樣說的，而且你還恐嚇女人。」

「因為這個理由你拒絕我？」

「是的！」她簡短地說。

我對白莎說：「白莎你是證人。我們上法庭時，你要記住她說了些什麼話。她拒絕我住已經付了房租的房間，因為兩個理由，強姦和恐嚇。」

女經理臉色變白，「等一下，」她說：「你什麼意思，什麼上法庭？」

我向她說：「我會告你五千元，說你破壞名譽。另外五千元作為被拒補償，再要你出十萬元，算是懲罰性的賠償。」

女經理吞一口口水：「你怎麼出來了？」她問。

「打電話問警察好了。」我告訴她。

「請跟我來。」她說。

她帶路進入她辦公室，拿出我租的房間的鑰匙，一聲不響交給我。

我走向自己房間，打開房門，讓開一邊，先請白莎進來。

我首先找到那個希嘉露抓起來摔我的玻璃杯。它首先打中了床面，滾到靠牆一邊床與牆之間的地毯上。

我用手指伸進玻璃杯的裡面，把杯子撿起來。拿出我的指紋檢查工具，開始撒起銀粉來。

我看到兩個很清楚的指紋，我取出拓指紋的膠紙帶。

「這幹什麼？」白莎問。

「拓下指紋來呀。」我說：「我在把玻璃杯上的指紋保留下來。」

我把印取下來，帶指紋的膠紙帶黏在硬紙板上。

「你回辦公室去吧，」我說：「我把這裡弄弄好，馬上會跟上來回去的。」

白莎開她的車，我開我的車。兩人先後到了公司，電話鈴響起。白莎接電話，過了一下她把電話交給我，說是我的電話。

我拿過電話，我說：「我是賴唐諾。」

對方是宓善樓，他說：「小不點兒，我有好消息告訴你。和警方合作是會有好處的，誰知道什麼時候自己希望有朋友呢？」

「什麼好消息？」我問：「為什麼又自己湊上來表示友善？」

「對付你的案子撤銷了。」他說：「柯白莎隨時可以過來把五千元保釋金拿回去。」

「好吧，」我說：「那一千元怎麼樣？」

「什麼一千元？」

「自我後褲袋搜出來的一千元現鈔呀。」

「那，那是證據。」他說。

「哪件案子的證據？」

他猶豫了一下，「是——老天管他呢，反正是證據。那黑鷹偵探社曾經記下每一張鈔票的號碼，所以，這一千元的所有權是不成問題的。」

「這些是當費用付給我的。」我說：「我有權要回來。」

「你亂講什麼？小不點？那是勒索。」

「憑什麼說這是勒索？」

「希嘉露。」

「叫她在法庭上去說呀。」我說。

「幹什麼，你給我聽著。」善樓在電話中喊叫道：「你有什麼理由去要這一千元，老天——真是天知道你怎麼說得出口——你是在強迫她非告你不可，假如……假如，你真想要這一千元。你真笨還是……」

「那一千元錢是當作費用，她付給我的。」我說：「它們是被人強制拿去的，我要要回來。」

「你去和地方檢察官談好了。」

「我不認識什麼地方檢察官，」我說：「你去和他談。我已經告訴過你，我要這一千元。假如你膽敢交還希嘉露，我就告你，要你自私人的薪水中賠給我！」

「你這小王八蛋！」宓善樓說，「碰」一下把電話掛斷。

第十一章 泳裝女郎

我離開辦公室，打電話給卜愛茜。

「唐諾！」她聽到我聲音大叫道：「出了什麼事，白莎說你被警察捉去了。」

「我是被捕了。」

「說你全身都是血。」

「我是全身都是血。」

「喔！唐諾。」

「會好的，」我告訴她。「目前我們時間寶貴。我現在來接你，要去一個地方，你另外有事嗎？」

「我——沒有。」

「愛茜，你在說謊。」

「我本來有一個約會，但是決心不去了。我會告訴他有公事了。」

「我請你做的真是公事。」我說：「十五分鐘準到。」

「我會準備好等你。」

我駕車去她住的地方，接到她。她看我一眼，同情之心油然而生。她手指伸向我頭髮，把我頭髮理一下。

「唐諾，你一定很痛。」

「是有點痛。」

「她為什麼要抓你？」

「為了看起來像是我想強姦她。」

「為什麼看起來像？」

「本來就是個陷阱。」

「唐諾，你有沒有……有沒有……？」

「沒有。」

「我們現在要做什麼？」

我說：「我被人設計了。那位到我辦公室來堅持要等我回來的客人，根本不是真希望我會回來。她十分清楚我不在辦公室裡，她知道我會在別的地方等候希嘉露。」

「既然她知道你不會回來，又何必等呢？」

「因為她要偷一張信紙，把印妥的信頭撕掉，撕下的信頭要放在我寫字桌抽屜中，再把信紙交給希嘉露。」

「唐諾，都怪我笨。」

「不，」我說：「你太喜好朋友。你對找我的人，我又不在，非常同情。她一定看來有困難，可憐兮兮的。」

「她看來非常好。」

「你讓她一個人在辦公室等？」我問。

她開始要搖頭。想了一下，她說道：「只是離開她一下下，我到樓下大廳去了。」

「好了，一下下足夠她辦完所有事了。現在我要找到那女人。」

「但是，唐諾。我不認識她，我以前從未見過她。她也沒有留下名字，再說

——」

「見到她照片，你會認出她來的吧？」

「應該可以，可以的。」

「走，我們去認照片。」

我們來到一家報館的資料室，那裡的女主管是我的好朋友。

她看我的臉，又看一下我臉上新的抓痕，看向卜愛茜，一切瞭然地笑了一下。

愛茜臉漲得通紅，「別這樣看我！不管他對我做什麼，我都不會幹這種事的。」

那管資料的女記者是四十出頭，高個子，臉蛋有稜有角的。她見過很多世面，沒有人知道她的出身，她只是回報一笑，轉向我說：「有女人對你如此忠心，還到外面去拈花惹草幹什麼，賴？」

「我沒有去惹草，是草來惹我。」

「你想要什麼？」

「我要看你這裡有關希嘉露的資料。」

「那是一大堆呀。」她說。

「我只要看照片的部份。」

「那也很多，你要看什麼樣的，泳裝、曬太陽的、網球裝、騎馬裝……」

「一律都要。」

她推開一扇門，我們走進去，裡面都是檔案架，她叫我們坐在一張長桌旁。五分鐘之後，她抱了一大堆牛皮紙信封包來。

「千萬別搞亂了。」她說，自管自走開。

「她是什麼人？」卜愛茜問。

「厲小姐，」我說：「人非常好。她的過去是一個謎，可能還是個很可悲的故事。她有記者的資格，但是一直躲在幕後，她有驚人的記憶力，資料一經過她手，隨時都可以再找出來。」

「她以為是我把你臉抓破的。」卜愛茜生氣地說，又同情地用手輕摸一下我臉上的抓痕。

「你不斷看它，它不會痊癒的。」

「喔！唐諾，我也不過想多關懷你一下……」

「多摸會發炎的。」我告訴她。

「你也不必那樣嬌呀！」她說。

我把第一個信封打開，把裡面的相片都倒出來，鋪在桌子上。

希嘉露是個了不起的女孩子，而且非常上相。不論你從什麼方向照來的相，都好像她早已做好姿態等你來拍照似的。她喜歡被人照相，也喜歡戴高帽。

「這個死女人。」卜愛茜含恨輕輕地說。

「你見到她啦？」我高興地說。

「沒有，沒有，我是指希嘉露。」

我們一張一張照片看，看了幾十張之多。突然卜愛茜抓起其中的一張。

「唐諾，不要動，我想就是這一個。」

「能確定嗎？」

「不，不能確定，但是十分像她。」

我把相片翻轉，看後面的註解。「泳裝美女在蘇頓海亮相，自左到右……」

我把照片翻回來。愛茜指出的女人是自右算起第三人，她是個漂亮寶貝。

我走出去找厲小姐。

「有沒有普伊蓮的檔案？」我問。

「怎麼寫？」

我把寫法告訴她。

她走回來，手中有一個不太厚的信封。

「是個泳裝女郎，得過獎，身上不少東西是含有塑膠成分的，有規定不准她參與其他選美。」

「有照片嗎？」

「當然少不了。」

我打開信封。

有剪報，有兩張照片。卜愛茜一看就說：「唐諾，就是她。」

照片是普伊蓮坐在椅子扶手上的特寫鏡頭，雙手抱著膝蓋，左腳下垂，左踝伸得很直，看到的全是尼龍絲襪。

「你能確定？」

「絕對確定。」

我看背後的註解，有她的地址。

我走去找了本電話簿，抄下了她的地址。

「又怎麼辦？」愛茜興奮地說。

「沒怎麼辦，」我不在意地說：「我們要的消息已經有了，如此而已。這消息以後也許有用。」

她不解地看向我，本來是要說什麼的，然後停下來。

我把所有信封交回給厲小姐，開車要送愛茜回家。

「皇帝不差餓兵，我們至少該吃些東西吧？」她說。

「再晚一點。」

「你是說今晚上？」

「也許。」

「唐諾，我現在餓了。」

「把裙子紮緊一些。」

「唐諾，你在拖時間。」

「我時間不夠了。」

「唐諾，我冰箱裡有些東西，到我公寓去，我可以給你做頓飯吃，你不必出門。是不是因為臉上抓破了，不好意思出門？」

「是的。」

「辦完事回公寓好嗎？」

「可能的話一定回來。」我說。

「什麼叫可能的話，說定了不是好一點嗎？」

「可能有的時候身不由己呀。」

「至少通知我一下。」

「一定盡量。」

她猶豫了一下，突然把雙手抱住了我的頭，輕輕吻了一下我被抓傷的地方。

「一個小時後回來？」她問。

「ＯＫ。」我告訴她。幫她下車，送到她公寓大門口。

當我走回自己車子去的時候，暗中出來一個人。宓善樓的聲音說道：「是柯白莎說你可能在這裡……小不點，送女朋友回來早了一點吧？」

「我的事不用你管。」

「當然，當然。」他說：「你有很多事要管，你也有很多的麻煩。」

「現在又有什麼麻煩？」我問。

「所得稅。」他說。

「去你的。」

「你還沒有付所得稅，我得想些辦法。」

我說：「善樓，你不要迫我，我清白如洗衣粉。我自己是一名公民，老實說我是納稅人，我還是你老闆。」

「我不是逼你，我在執行我的公務。」他說：「你們納稅人付錢給我，不就是要我執行公務嗎？你假如白紙黑字寫條子給我，我暫時相信你。」

「相信什麼？」

「相信你不欠所得稅。」

「我付完了。」我告訴他。

他交給我一張白紙，「寫下來，『我不欠所得稅。』給我簽字。」

我很小心，先在紙條頭上寫上今天的日子，照他所示的字寫上，簽上自己名字。

我把條子交給他。

「一切妥了吧？」我問。

他走過一步，使路燈可以清楚照上紙條。他咯咯笑地，自口袋口摸出一張紙條，一面他說：「小不點，這下你糟糕了。」

「什麼意思？」我問。

他給我看他後來摸出來的字條，「你看看『所得稅』這三個字。」他說：「完全一樣。所以這張字條是你寫的：『警方在監視我們辦公室。你照舊去電梯，去我們上一層的樓。那一樓有一位所得稅問題專家。在我們告訴你可以之前，一定不要到我們辦公室來。有事可在以後電話聯絡。』」

我什麼也不說。

善樓說：「一個清潔女工發現這張紙條塞在電梯前落地菸灰缸的沙堆裡。她唸了上面第一句，就交給了我們警方。」

我還是沒有開口。

「你怎麼說？」善樓問。

我說：「你認為是我寫的？」

「我當然他媽的知道是你寫的。」

「保護自己的當事人是犯罪的嗎？」

「用這種方法，在這一類案子中，是犯罪的。小不點，你會被吊銷執照的。為了白莎，我不願使你們太難堪，但是你不識相，你把自己的脖子伸得太出來了。」

「好吧，」我說：「我和你打個商量。我給你一條線索，使你能把這件案子破了。我的要求只有兩項。我要我的當事人不曝光，我要你忘了我們的執照這件事。」

我看得出他很想立即問我是什麼樣的線索，但是他很小心地說：「我的立場不可以先作任何保證，一切要先看你表現再說。」

「你的車在哪裡？」

「停在巷子裡。」

「我們走。」我說：「用你的車去要快得多，一小時內我有個約會，現在去正是時候。」

「去哪裡？」

「愛奇蒙旅社。」

「那裡去做什麼？」

「指紋。」

「什麼指紋？」

「我從親親旅館第二十七號房間裡收集到的指紋。」

「我懂了。」他說：「你的當事人的指紋。」

「我當事人的指紋，」我說：「和別人的指紋。」

「哪個別人？」

「龍飛孝。」

儘管他一直在表現冷漠，但是這一下等於在他屁股上刺上一針。

「小不點，你亂謅什麼？」

「我在告訴你實況。」

善樓說：「假如龍飛孝曾經在這幢房子裡，你——小王八蛋——知道不知道，這意味著什麼？你的當事人把他殺了呀！」

「完全不是那回事。」我說：「這意味著旅館把這個單位出租了兩次，龍飛孝和別人在裡面，他們走了，行李也帶走了，留下來的是一個星期六夜晚的空房間。生意又那麼好，職員決定房間再出租一次。」

善樓說：「少說理論，你把在那裡弄下來的指紋給我看，只要有姓龍的指紋在內，我把那地方撕成一片一片給你看。我二十四小時之內可以破案，可以捉到兇手。」

「我們還站在這裡等什麼？」我說。

善樓說：「走！小不點，這就走。」

「先說好，我把這交給你，你不再談我們執照的事，不再提我們的當事人，不——」

「假如你當事人真沒混在裡面，假如你給我全部指紋，那你要什麼就有什麼。你愛開偵探社多久都可以。你的當事人愛跟那個妞到哪個賓館都可以。」

「說好了，不後悔。」我告訴他。

我們坐進善樓的車子，我必須拉住扶手以免他急轉彎時身子不能平衡。他並沒有用閃燈也沒有用警笛，只是一路打破一切行車規定。

我們來到愛奇蒙旅社。

我把鑰匙自口袋中取出，我們走進屋去。

我說：「我把東西黏在電視機底下，我們把電視機斜一下就可以拿到了。」

「你來把它抬起一邊來，我來拿東西。」善樓說。

我抬起電視一側，把電視機側過來，讓善樓趴下去，伸手到電視底下去摸。

「再抬起一點來。」他說。

我照做。

善樓把身子直起來，臉上紅紅的。

「正如我所猜測的。」他說：「又是你的把戲之一。」

「你說沒有東西在下面？」

「我說沒有東西在下面，事實上本來就沒有東西在下面。」

我自己都感到下巴在往下落。

善樓看看我臉上的表情，他說：「唐諾，你的表情不錯。但是要這種把戲光只有表情不行。」

我說：「不是耍把戲，我來看看。」

我用幾本現成在房裡的電話簿，把電視機一側墊起來，我蹲下去察看。

「你可以看到這裡有兩條平行的痕跡，那是我貼膠帶的證明。」

善樓一點也不感興趣。「賴，你是個聰明的無聊男子。」他說：「我承認這一點，我一直承認這一點。你用膠帶膠兩條印子，必要時可以支援你的神話。你等於是有個男人在說謊：他說他在五百碼以外一鎗解決了一頭鹿，鹿當時站在一棵橡樹下，你要不信，你去看橡樹還在老地方。」

我說：「我可以猜到什麼人把指紋拿走了。」

「你一定也猜得到聖誕老人的鹿是由什麼人餵食的，我根本不感興趣。」

「善樓，」我說：「請你相信。我是說的真話。我——」

「不感興趣。」

我關上電燈，和善樓倆離開。我把鑰匙放回口袋，善樓坐進車去。我才要開始坐進去，善樓一踩油門，汽車飛馳而去。

我叫了一輛計程車，把普伊蓮的地址告訴計程車駕駛。

第十二章 貼身保鑣

普伊蓮的公寓是個老式、年代久的房子。

我叫駕駛在路角把車子停下。

走進公寓，霉濕的氣味因為噴灑過除臭劑而比較不使人有惡感。一架電梯搖擺地把我帶上三樓，伊蓮的房子在三樓。

我敲門。

「什麼人？」一個女聲問道。

「我。」我說。

「喔！太好了，你終於來了。」一下把門打開，她愕然退後一步，用目不轉睛的樣子看向我。

她穿著黑色長絲襪、吊襪帶兼緊身束腰、胸罩，沒有別的在身上。

她見到是我，抓了一件晨袍披在身上。

我走進她公寓房子。

「你不能進來！」她說。

「我已經進來了。」

「那你給我滾出去。」

「先請教幾件事。」

「你是什麼人？」

「我就是賴唐諾，」我說：「你不是很想見我嗎？很想很想嗎？」

「喔！」她低低地應了一聲，聲音中充滿恐懼。

「所以我來看你了。」

她笑出聲來，神經質地，她說：「好吧，這下你見到我了。」

「你本來以為是什麼人來了？」我問。

「我問你是什麼人，你應該告訴我你是什麼名字，為什麼只回答我？」

「那這個『我』，你以為是什麼人？」

「有關係嗎？」

「也許。」

「賴先生，你要不要坐下來談？」她問。

「謝了。」我說：「看來你正在等候什麼人。」

「我正要出去。」她說。

「和什麼人出去？」

「跟你沒關係。」

「真的是準備出去？」

「你看到那東腰了。」她說：「不出去為什麼要帶這混蛋東西？」

「不舒服？」我問。

「當然不舒服。」她說：「不用這東西襪子又不肯聽話……我去找你……找你……是為了一件很奇怪的情況。」

「有多奇怪？」

「相當。」

「你說說看。」

「我極可能需要一位貼身保鏢。」

「需要多久？」

「還不知道。」

「我的意思是問一天之內要多久？」

「全日的。」

我環顧她小小的單身公寓，又看她那張白天收回牆上的壁床。

「我睡哪裡？」我問。

她神經地大笑說：「這一點我還當真沒有想到。你的費用怎麼算法？」

「像我這樣好的，每天五十美元。」我說。

「五十元！」她大叫道。

「嗯哼。」

「五十元，」她說：「我負擔不起。」

「你為什麼要有個保鑣？」

「你猜猜看。」

「我猜不到。有什麼困擾，來自男人，女人？」我問。

「是——是個男人。」她猶豫了一下又加一句：「和一個女人。」

「什麼樣的困擾？」

「我……我想我根本不可能用得起一個保鑣。」

「其實呢，」我說：「你的腦袋根本不夠用，不夠想出一個不會洩氣的原因來，所以你用雇不起來抵擋一陣。」

「你什麼意思？」

「我的意思，」我說：「你根本也沒有想要請什麼保鑣，你到我辦公室來，就是想找個機會偷我半張信紙，半張裁下來帶走，半張放回抽屜去……」

我停下來，兩隻眼睛看住她。

「你怎麼可能找到我的？」她瞪大眼睛問我。

「我是個偵探，你忘了呀？」我說。

「我……」

門上有輕輕敲門聲。

她跳起來，一下走到門口把門拉開。

自稱是希嘉露保鑣及朋友的陸哈登站在門外。「你好，大美人。」他說：「你可準備好了嗎……？」

他突然看到我。

「你……幹什麼？」他問。

我向上看他。

「陸先生，別來無恙嗎？」

「你他媽在這裡幹什麼？」

「普小姐早上拜訪我的辦公室。」我說：「她急著要請我替她工作。她現在可改變主意，不想雇我了。」

他轉向她，「他怎麼找到你的？」

「我怎麼知道！」她說。

「你沒有留下地址嗎？遺落一個皮包……什麼的？」

「老天，沒有，我那麼笨呀？」

「你打了電話了？」

「沒有，」她說：「我告訴你，沒有！沒有！沒有！」

陸哈登看向我，眉毛蹙起：「你怎麼到這裡來的？」

「計程車。」我說。

「少來這一套，我們是需要談一談。你怎麼找到這裡的？」

「我要找那個偷我半張信紙的女人。」我說：「從我信紙上裁下一半帶走，另一半放在我抽屜裡。」

他轉向那女人：「你說了什麼沒有？」

「沒有。」

「承認什麼？」

「別傻了。」

「你在說是普小姐拿了你信紙？」他問。

我說：「我說我要找那做這件事的女人。」

「好吧！」他說：「你找錯地方了。我們的忍耐心也有限，限度到了。你可以滾了！」

「我有些問題要問一問。」

「滾！」

「我不喜歡被人誣告……」

他的大毛手抓住我前領和領帶。他把我自椅子中一把拉起，「我叫你滾！」他說。

我試著打他下巴。但是他用手抓住我拳頭，把我手擰到背後去，他把我向前推，我為了怕脫臼，只好向前走。

她把門打開，他把我推出門去，送進走道。

房門碰一下關上。

我向後看房門，聽到裡面落閂的聲音。

我走進會搖動的電梯，試著我的肩膀還能不能正常運動，走向計程車在等我的地方。

「有一個人剛開車來這裡，」我對計程車駕駛說：「大個子、寬肩膀、運動員樣子，黃而鬈的頭髮、藍色眼珠……」

「六呎多一點高，一百八十五磅左右，三十歲上下年紀。」駕駛說：「我見到過。怎麼樣？」

「他車停哪裡？」

「那輛有摺篷的就是。」駕駛說。

「把你引擎點著。」我告訴他：「假如你見到他自公寓出來，按兩下喇叭，打開車門，準備上路。」

「你想去幹什麼？」

「去看一下他車內貼的登記人資料。」

「你是警官？」

「偵探。」

「你不是在動什麼不正當的念頭吧？」

「我是在蒐證。」我說：「你是在賺錢。」

「我不想混進什麼不合法的勾當裡去。」

「不會的。」

「你要過去多久？」

「一分鐘。」

「我會注意到的。萬一他出來，我發動引擎，開車門。我不按什麼喇叭。」

「也好，」我說：「你發動引擎我聽得到，這和按喇叭差不多。」

「不一樣。」計程車駕駛說：「我有權隨時發動引擎，按喇叭則意義不一樣，是一種信號，我不幹。」

我離開他，走向那摺篷車，開始探望。

登記證捲成筒狀就黏在駕駛盤下的長桿上。車主是陸哈登。車中沒有什麼對我有幫助的東西。

我試一下手套箱，沒有上鎖。

我向裡面看去，裡面有手電筒、地圖、一包香菸，另外有一件長長的東西在角上。

我把手伸進去。

有東西黏住我的手指。我把手抽出來，透明膠紙帶黏著整包東西一起被拉了出來。膠紙仍黏住我手指，一包東西盪呀盪的垂下來，在空中搖晃。

那包東西是我採集的指紋記錄，本來我把它黏在愛奇蒙旅社房間電視機底下的。

我抓住了那包東西，把手套箱關起，把車門推上，走過馬路。計程車駕駛正全神貫注地在看我。

「你從車裡拿出了一些東西，我看到了。」他說。

我看向他雙眼說：「沒有。」

「好吧，」他說：「再想去哪裡？」

我把卜愛茜公寓地址告訴他。

我看向自己手錶，離開她正好五十二分鐘。

按她公寓電鈴時正好是約定時間。

我進她房間，嗅到好菜的香味。

「準備好了？」我問。

「唐諾，」她說：「我給你烤了一大塊牛排，今天有洋蔥圈。你可以有一個大大的烤洋芋和很多很多酸乳酪。今天是特別的晚宴，我還要開瓶好紅酒。這樣你可以不必出去，免得——免得——有人盯著看你的臉。」

「你真是善解人意。」我說，把手放在她的腰部。

她擺好姿勢，下巴向我抬起。

第十三章　偽造證據？

十點鐘，我離開卜愛茜的公寓。我感到一切已有不少好轉。雙氧水在抓破的地方除去了一陣陣的刺痛。一天緊張，現在好過了好多。世界到底是美好的，人也不全是壞的。

當我走向我停在路邊的公司車去的時候，我看到一點紅光。一個男人坐在駕駛盤後在吸菸。

我猶豫了一下。

「嗨，姓賴的。」他說：「坐進來，我們有個地方要去。」

「你是什麼人？」

「警察。」

「我今天一天都和警察在打交道。」

「那可好，你可以說今天一天一夜都在和警察打交道。」

「可不可以不去？」

「那就大家不太好看。」

警官移開一點，說道：「我讓你自己來開車，別耍花樣。」

「朋友，」我告訴他：「下午我和宓警官在一起，我知道的都告訴他了，我——」

「好了，」警官打岔說：「姓賴的，我已經幫了你不少忙了。我十五分鐘之前到達這裡，我可以立即把你逮出來，但是我決定多給你半個小時。宓警官說，他要你和柯白莎在十點三十分到他辦公室，我可以先帶你進去請你坐一下冷板凳。你看到了嗎？是我給你機會，你不能再要求什麼了。」

「可以，」我說：「我謝謝你。」

「這才像話。」

我開車，直接來到總局，時間是十點二十五分。

柯白莎坐在宓善樓辦公室中，善樓已經和她仔細談過，她在害怕。

警官把我帶進去。

「哈囉，小不點。」善樓說。

「真巧，真巧，」我告訴他，一臉驚奇。「想不到又見面了。」

善樓不理我，他對白莎說：「還是小搗亂的老樣子，是他使你失去了執照，不知道他以後到什麼地方去做小丑，我也許會買他一張票去看看的。」

善樓轉向警官：「他身上有傢伙嗎？」他問。

「我沒搜。」

「搜這王八蛋的。」

「賴，手舉起來！」

「等一下，」我說：「你們沒有權力──」

「我知道，我知道。」善樓說：「但是我們可以把你當證人先暫時收押一下，你身上每件東西就得放在一個信封裡，先由我們保管一下。一個小時之後，我可以釋放你，把東西還你。你要吃敬酒還是罰酒？」

我把雙手舉起。

警察用手自上至下搜我身，在上衣口袋口他停住了手動，「這裡有東西！」他把我一包指紋都拿了出來。

「什麼東西？」善樓問。

「不管你事。」我說：「這又不是武器，再說——」

「拿過來。」

警官把東西遞過去。

善樓粗魯地把信封撕開，看到裡面的指紋拓印，「嘿，嘿！還真有這東西。」他說。

宓善樓轉向白莎：「我說對了嗎？我告訴你這傢伙又騙了我，也騙了你。那是典型的唐諾式玩法，他要取得我信任，告訴我有這樣一件東西存在，把我帶到愛奇蒙旅社，翻開電視機又說東西丟了。其實，東西一直在他手上，這叫備而不用。」

「東西並不是一直在我手上，」我說：「我也是才弄回來。」

善樓獰笑道：「你可以替電視台寫劇本了，你是我見到最能吹牛不打草稿，無中生有的人了。你給我坐下來，慢慢告訴我，你是怎麼弄回來的？」

我說：「我可以老實告訴你，不會有什麼好處，但是我可以老實告訴你。」

「說呀。」善樓說：「不要打哈哈，你以前說故事不必先拖時間的。」

「我沒有拖時間。」

「那就說呀！」

我說：「敲詐的事，完全是別人設計好的陷阱，誣害我的主角是希嘉露。她有個朋友自我辦公室拿到一張信紙，撕下上半段放我抽屜中，把下半段帶回給她。

「希嘉露或是她的男朋友陸哈登自報紙上剪下字來，湊成一封敲詐信貼在半截信紙上。他們請了一個私家偵探，私家偵探利用了一個他熟悉的警官。

「計劃周全了，他們來到愛奇蒙大旅社。希嘉露一個人進來，裝成對我非常好。她抱住我，把我抱得很緊，塞了一千元現鈔進我褲子後面口袋。

「她進門之前，先很小心地把長裙撕了一條裂縫，把裂縫握著不使我看見。她在我臉上抓破一條傷痕，把衣服脫下，自己把胸罩弄斷，拉了嘴大叫。」

「我知道，我知道。」善樓說：「每次我們抓到敲詐意圖強姦的犯人，都是如此這般說的。女孩子有性暴力，要強姦男孩子。他拚命反抗，女孩子把自己衣服撕破。」

「這並不表示我身上發生的不是那個樣。」

「沒有錯。」善樓說：「不過這表示我們對你說的沒有什麼興趣。這等於是太太和丈夫吵架了，突然她什麼都不知道了，第二天醒來，她丈夫死在地上，手槍在她手中，她大叫，約翰，約翰，但是約翰不會回答她，約翰死了。」

「不必舉那麼多見識，」柯白莎對善樓說：「我早已過了上床時間了。你到底想怎麼樣？」

她又轉向著我：「我招誰惹誰了，我？」她說：「你可以找律師和我算清楚，我們拆夥，但是，你不可以用這種鬼辦法使我的名譽受損，整個公司垮掉呀！」

善樓說：「白莎，這件事中假如你是無辜的，我會還你公道的。所以我把你請到這裡來一起聽一聽小不點，他到底有些什麼話要講。小不點，現在由你繼續講，不過要講些新的，不可再用陳年老調搪塞。」

我說：「由於這封信的確不是我送給希嘉露的，所以我知道她一定得託一個她信得過的人去偷信紙，和把信頭放在我辦公室抽屜裡去。

「我問我秘書卜愛茜有沒有什麼人在我們辦公室逗留過，她告訴我有個女孩子，她十分想見我，在我們辦公室等了又等，等了很久。

「我帶了愛茜，我們去報館資料室，我們一張張看有希嘉露的檔案照片。我們找到了普伊蓮正是我們在找的人。我們找到普伊蓮的單獨照片，更確定她就是來我辦公室猛等的人。

「所以我到普伊蓮家去，問她急著找我有什麼大事。我正在快要問出結果來的時候，陸哈登進來了。」

宓善樓有起興趣來了，「陸哈登來要什麼？」他問。

「我不知道他來要什麼。」我說：「我雖然不知道他來要什麼，但是我知道他來不要什麼。他見到我在裡面，把我趕出來，同時他一定把伊蓮的嘴封起來，今後誰也別想自她口中得到實際發生的狀況。」

善樓一份份地在他桌上審視我所拓下來的指紋。

「懂了，懂了。」他心不在焉地說：「你的秘書指出在你辦公室逗留的人是普伊蓮？」

過。」

「對的。」

「這些指紋，你為什麼不告訴我，你一直留在身邊？為什麼逗得我團團轉？」

「我告訴過你這些曾經在我手中，也告訴過你這些從我暗藏的地方又被人拿走過。」

「又來了。」善樓說：「我就為這種事不喜歡你。唐諾，柯白莎願意和這辦公室合作，你總是在當中作梗，只要有孔，你都亂鑽。」

我說：「我沒有給你說謊過，每次我鑽出來的孔，還不是讓你們警察可以循線得到功勞？你不肯聽，我又有什麼辦法？」

「好了，好了，」善樓說：「你喜歡指導我們怎樣做個好警察，我們喜歡由我們自己來做。現在，你給我好好交代這些指紋的事，唐諾。」

我說：「陸哈登把我趕出普小姐的公寓。他開一輛摺篷跑車，我決定冒一點險。」

「為什麼？」

「因為，一定是有人回到愛奇蒙旅社我的房間裡，才會把我藏起的指紋偷跑了。不可能是希嘉露，因為她也在總局做記錄，我是如何欺負她又想強姦她云云的；也不可能是那私家偵探，因為他們不會希望他知道太多內情的；更不可能是警官，否則你早知道有這件事了。既然在場只有這四個人，陸哈登一定是那個回去找這東西的人。我只是伸手進那篷車的手套箱，這東西可不就在裡面。」

善樓用他手指尖輪流敲著桌面，看看他的手錶，拿出一支雪茄，塞進嘴裡，沒有點火，兩隻眼睛瞇了起來。

「最有興趣的事，就是你每次編故事總是編得那麼活龍活現，不知道你老習慣的人，被你騙死了還不知道怎麼死的……這一次有一點不同，我知道假如這件事是假的，你不會把你的女秘書愛茜也拖進來。我問你一句話，有關普伊蓮的事，和你怎麼找到她地址這件事，是真的還是假的？」

「真的，」我說：「一路都有人證。」

「陸哈登，嗯？」善樓問。

我什麼也不說。

「這些你弄下來的指紋，」善樓說：「你都記有姓名的，看得出是你手筆。這裡有姓龍的，這裡有個XX，XX是什麼人？」

「我們當事人。」

「告訴他，我們當事人是誰。」白莎說：「這是件謀殺案，我們混在裡面已經不對了。我們保護我們的當事人也夠……」

善樓把一隻手抬起，把手掌對向白莎。「等一下，等一下，白莎。」

白莎話被打斷，生氣地看著他。

「我不要你們做好人。」善樓說：「你們不必告訴我當事人的名字，我們早就知道了。」

「你知道是因為你早就把白莎擺平了。」我說：「她不過是做個樣子，以後可以說是我講出來的。」

房門打開，一個警官帶進來的人是：臉都嚇白了的任加同。

善樓向我笑笑，「你繼續，你繼續，不要讓雜務中止了你的報告。」

我坐回到椅子裡，什麼也不說。

任加同看看善樓，看向白莎，又看向我。「你們出賣了我，你們……」

「閉上你的嘴。」我說：「你再說話就是出賣自己了。」

善樓向任加同說：「如此說來，你是認識這兩個人的囉？」

加同考慮了一下。他說：「是的，我認識他們。這是什麼意思，你不能不給我一個罪名把我拉到這裡來。」

「我們不能？嗯？」善樓說。

「是的，你們不可以。」

「你不是來了嗎？」

任加同不開口。

「現在，讓我先來告訴你，為什麼你會被我們帶來這裡。」善樓說：「然後由你來開口下半部戲。」

善樓自口袋中拿出一個信封，自信封中又拿出那張我寫給任加同的字條。

善樓說：「你可以看到，這張字條已經團成一團，而且抛掉過了。我們找到，把它鋪平。

「任加同，這字條是你抛掉的，是你把它塞在電梯前高高的菸灰缸頂層的沙裡的。地點是白莎辦公室樓上一層的電梯口。

「那天早上，白莎樓上那所得稅問題專家的會客登記冊上，只有你一個名字。

「顯然，你對這一類突發事件的處理還嫩得很，所以你登記的是自己真的姓名，問了一些不痛不癢的所得稅問題，付了二十元大洋，自以為是，就溜之大吉了。

「現在，請你來說，你這一方的故事是怎麼回事？」

任加同用舌尖把嘴唇潤一潤，無助地自善樓看向白莎，又從白莎看向我。

我不舒服地在椅子中扭動一下，調整一下位置，以肩膀擋住一下善樓的眼睛，輕咳一下，把一隻手指豎起來，豎在我嘴唇當中，示意任加同要保持靜默。

他心不在焉，他沒有看到我的指示。

「怎麼樣？」善樓問。

「好吧。」任加同說：「我遇到了一件可能引起醜聞的狀況，偏偏我的情況又不能讓醜聞發生。星期六晚上，我和一位小姐在親親汽車旅館，一切不很順利，我又喝多了酒，醉過去了。事後我知道警方在找星期六所有在那裡待過的住客，我實在又不便曝光，我僱用唐諾星期一去那同一房間，假裝是我回來了。

「他去了，星期二早上我打電話去他們公司，恭喜他們完成任務。我說好要去公司付清欠款，並且給些獎金，在大廳遇到唐諾，他塞了這張紙條給我。我在電梯中讀了這張紙條，上樓到那稅政問題專家辦公室，問了幾個問題就回家去了。」

「星期六晚上，你在汽車旅館裡？」

「是的。」

「有一個女的？」

「是的。」

「什麼名字？」

「貝夏濃，她是薊花酒廊的女侍應生。」

「你是有太太的？」

「有。」

「喜歡鬼混？」

「沒有——這件事連我自己也不知道怎麼發生的。我和這個女人有過兩三次的閒聊，這一次她很有意，我又是自由身。女的一加油，我就有意——反正陰錯陽差就如此而已。」

「進了旅館又如何？」

「一切不如想像那麼有勁。」

「她怎麼樣？」

「放我鴿子走了。」

「你做了什麼？」

「喝醉了，醉過去了，醒回來頭痛如裂，開車回家。」

「什麼時候？」

「你問我到家？」

「是的。」

「正好天亮之前。天邊有一點亮光的時候，我正好到家。」

「用你自己的車？」

「是的。」

「然後如何？」

「然後什麼事也沒有，直到我聽說警方準備一個一個客人住過那旅館的，要查對一下身分，我就慌了。我找到夏濃，問她能不能替我阻擋一下，她要知道我的計劃。我告訴她我要找一個人使警方相信他就是我們登記的那個名字，由她來回答警方的問題。」

「她同意了？」

「有一個條件的。她說，我要是要請私家偵探來頂我這個角色，一定得請賴唐諾。她見過唐諾，喜歡唐諾。她說由唐諾做主角，她肯和他在一起相處一晚，其他一身是肌肉的私家偵探，她都不喜歡。這當然使我有點困難，我一定得求唐諾，不能隨便去找一個別的私家偵探。」

善樓說：「你看唐諾，要是你早告訴我這些，我會保護你的當事人，我也會保護你的。現在你自己弄得混身是鳥屎。假如柯白莎肯和你劃清界線，和你拆夥，我應該保護她今後開業的執照。至於你，你私家偵探的事業到此為止了。你比一隻兔子更不可能有申請執照的資格。」

善樓拿起那些指紋，對我問道：「這些指紋怎麼說？」

我說：「裡面有貝夏濃的指紋、龍飛孝的指紋。裡面有些指紋，我認為是希嘉露的。我尚沒有時間對照。」

「整個事件很可能是安排好的。」善樓說：「但是，假如龍飛孝的指紋會在那房子裡找到，對龍飛孝的案子真是太大的一個突破。」

「他不在那房子裡。」任加同說：「除了我和貝夏濃之外，裡面不可能會有任何別人。」

宓善樓思索地看向我。他說：「這個小王八蛋偽造證據是有可能的……」

善樓轉頭向那另外一位警官，「把這傢伙弄出去印一套指紋出來。」他說，一面把頭扭向任加同：「把指紋帶回來，我先查一下這一部份唐諾是不是在吹牛。」

他拿起電話說：「把龍飛孝的指紋拿進來。我立即就要，我們龍飛孝檔案裡有一套的。」

「我反對你們取我的指紋。」任加同說：「這根本是太……」

善樓把頭向門的方向扭一扭。

警官把手抓住任加同的手臂，他說：「走吧，和我們合作沒有錯，你總不想你的照片上報紙吧。」

「老天，不行！」任加同說。

「與我們合作就不會有這些困擾。」

任加同沒有再發表意見，跟了他就走出去。

白莎對善樓說：「善樓，你等一下。假如唐諾說的都是實況，你為什麼一定要取消我們的執照呢？」

「鬼才說我不可以。」善樓說：「偵查謀殺案是警方的事，絕對不是私家偵探的工作。當唐諾在那房子裡弄到龍先生的指印時，他應該立即跑到警方來向我報告。」

「我打過好幾道電話回辦公室，留話我要立即找你。」

「沒錯，」白莎說：「他有這麼做。」

「但是你沒有打電話總局，說是要找我說話。」善樓說。

「是沒有。」

「為什麼？」善樓問我，一面咬那沒點火的雪茄。

「因為，」我說：「我想你一定自己要這件功勞，我知道你們單位辦事的方法。像龍飛孝那件案子，至少有一打的人在你後面，想戳你一刀，自己破案，爭個功勞。」

善樓的眼睛瞇起來。他看向我，在思索著。「那麼多的做作，為的是我們的友誼？」他譏諷地說。

「那麼多的做作為的是我們的友誼。」我告訴他：「我知道你常幫我們忙，這次我要幫你一個忙。」

「現在，我們再來討論。」他說：「這些指紋都是你在那房子裡拓起來的，除了你，沒有任何人可以證明這些指紋來自那房子裡面。假如不私自動手，由警方派人來工作、照相，就成為證據。但是，現在，你不但破壞了證據，而且在被告律師詰問下，這一毛錢也不值。」

我說：「當時我怎麼可能想得到裡面有龍飛孝的指紋，我只不過是小心一點，把指紋留下，必要時保護我自己用的。」

「什麼時候發現龍飛孝的指紋也在裡面？」

「當我從驗屍官那裡拿到他的指紋之後。」

「你為什麼要去找驗屍官拿龍飛孝的指紋？」

「我的目的，是想證明當時在房裡的人，沒有一個和龍飛孝這件案子有關聯。為了如此，我一定要拿到他的指紋，證明房子裡沒有他的指紋。當我發現我收集到的指紋中，竟然有一枚是他的，我也覺得十分震驚。」

「你在說謊，你一定有消息。」

「好吧，我是在說謊，我是有消息。」

「當時你就該通知我。」

「當時告訴你，正好你可以笑我。」我說：「叫我去跳河。」

善樓咬他的雪茄。

一位警官進來，帶進來一套指紋。善樓拿出一枚放大鏡開始比對。

他儘可能保持臉部沒有表情，但是咬雪茄咬得越來越用力。雪茄不在嘴裡的一頭翹起落下有如鐘錘。

他直起背來，放下放大鏡，看向我說：「你這小王八蛋，你在玩什麼把戲，我不太清楚，不過姓龍的指紋的確是符合的。」

「我說過符合的。」

「我知道你說過。」善樓說：「你也說過其他很多事。有的我相信，有的我不相信。除非我一步步親自證明，否則我寧可保持懷疑。」

「你以為我要騙你什麼？」

「老實說，我不知道。」善樓說：「不過我聽到太多次，白莎說你是有腦筋的小王八蛋，連你自己也相信了。這一次你在冒險，你想佔點便宜。我不知道目的是什麼，不過我不準備入你的圈套。而且我還要找種種的預防，不能叫你得逞。」

帶任加同出去的警官也帶了一套指紋進來。

善樓拿到那指紋，選了幾個我拓下來的用放大鏡來研究，突然他皺起眉頭。他放下放大鏡，看向我，把雪茄自嘴中拿出來，右手兩隻指頭夾住了雪茄指向我，好像這樣可以加強他語氣似地說：「小不點，你王八蛋，這下我們逮住你了。整個指紋的事是你偽造的，你造出一個故事希望我們放過你！」

「你說什麼呀？」

「那些任加同的指紋，」他說：「根本不相同。」

「不相同！」我叫出聲來。

「就是。」

我說：「這件事，我絕對不會弄錯的。」

「我開始也認為你不會弄錯的。」善樓說：「現在知道你沒有弄錯，你在弄鬼。你弄出這樣一個彌天大謊，希望自己能脫鉤。你在偽造證——」

「裡面還有不少個指紋我取是取下了，可是不知道是什麼人的，看看是不是會是任加同的。也許我在什麼地方弄錯了。」

善樓想了一下，把濕兮兮的雪茄放回嘴裡，又開始對指紋。

「我來幫忙，」我說：「我——」

「去你的。」善樓看都不看我，「你不可以接近這些證據。你不准摸這裡任何的東西。」

十分鐘後善樓抬起頭來，搖搖頭。「沒有一個對的。」他說：「這裡面沒有任加同的指紋。」

白莎說：「但是任加同自己說他在那裡。他——」

「他當然在那裡。」善樓說：「所以，這可以證明唐諾交出來整套的指紋根本是騙人的玩意兒，是一套偽造以期自己脫鉤的同花假順。」

善樓看向我，「小不點。」他說：「這一切都是你自找的，我看你會自作自受。」

「等一下，」白莎說：「善樓，你等一下。這件事有點不對勁，唐諾不會做這種事的。」

「我以為你和他已經劃清界線，要拆夥了呀。」善樓說。

「我是講究公正的人。」白莎說：「我希望我們對他公正。」

「我告訴你，唐諾會得到什麼公正待遇。」善樓說：「你可知道什麼叫醉貓窩？」

白莎的表情一定是沒有聽懂善樓的意思。

「我來告訴你什麼叫醉貓窩。」善樓說：「他們把街上爛醉的人帶回來拋在窩裡。他們都醉了，吐得一身一地，也吐在別人身上，自己身上。他們叫、吐、打呼、亂吵，他們詛咒、打架。

「現在，你喜歡的唐諾將被我們放到那個窩去。到明天早上，假如他能證明自己沒有醉，我們就再說。目前我覺得他醉了，要不然他怎麼會說任加同的指紋在裡面呢？要不是他醉了，他不會說這些指紋是從親親旅館第二十七號房裡取來的。

「也許唐諾要在那窩裡留上兩三夜，使他自己清醒過來。到時候，他也許會記取一個我可以相信的故事，我就放他出來。」

白莎道：「善樓，你不能這樣對他！」

「看我能不能，你看著好了。」

「好，」白莎發狠道：「看你逃得過公道嗎？」

「什麼叫公道？公道能阻止我這樣做嗎？」善樓咆哮地問白莎。

「我就是公道，我要阻止你這樣做。」白莎咆哮回去。

善樓說：「柯白莎，你聽我說。你和他這小王八蛋合夥，其實自從他參加你公司之後，你一直被拋在刀山上油鍋裡。他的毛病就是有孔就鑽。這次他把你們公司的執照快要變成廢紙一張了，是我在給你機會，讓你自救，為了老朋友，我拋了一個救生圈給你。你要聰明的話，應該感激我，緊緊抓住它，我自然會給你護航。你也回你的正當、受尊敬、平靜的私家偵探業務。其實你根本不適合這種小丑跳牆一樣的生活。」

白莎說：「這件事我越想其中越有問題，你要把唐諾拋進醉貓窩，我就不要你的救生圈。」

宓善樓說：「柯太太，你已經不再有你的執照了。」

「宓善樓，你去你的，你這個狗娘養的！」白莎大喊道：「你也許不知道，你也快被開除了。」

善樓對警官說：「把她弄出去。把這小不點送到下面窩裡去，讓他去醃一下。」

第十四章　醉貓窩

醉貓窩和宓善樓所形容的，可是一點也沒有錯。

他們拋我進去的時候，在裡面的人不多，裡面的人也不見得惡形惡狀。

其中一人因酒後駕車。他穿得很好，一直在擔心這件事會影響他的好名聲，又怕妻子兒女受人譏笑。

有些喝了酒喜歡講話的，到東到西找人進行社交。我不知道被他們握了多少次手。

有些一遍一遍向你訴說同一件事，請求你給他們友誼和同情。

有一位故意的醉客，他要揍每一位在窩裡的人，好在搞不久他就呼呼大睡了。

到了清晨兩三點鐘，最壞情況的客人開始進來。

所謂的留置所，只是一間大房間，或者可以說是大鳥籠。地是水泥地，四周和正中有下水溝。所以在所有人放出去之後，可以用水龍頭沖洗。

理論上言來，流體的物質循著下水道可以流出這房間，但是三點鐘之後，好幾個人體躺在地上，部份人體阻塞了通道，地上就穢物橫流，不堪入目，更不堪入鼻。酸味的嘔吐物味道可以滲透任何東西。

我把自己蹲在一角，以免我的室友會弄濕我的衣服。有一兩次我還真的可以打一個盹。

在清晨六點鐘，他們送進熱的流體來，據云也叫咖啡。腫眼泡們伸出顫抖的手去接住它。

八點半，他們把所有的人叫出來去出庭。當我要跟著出去時，我被推了回來。

「你太醉了，你尚還不能出庭。」那人說：「你留下來。」

留下來的，除了我尚有另外四個人。他們都太污穢了，也太見不得人了。

九點鐘，有人叫我名字。

我走到窩的門口去。

一個人說：「跟我來。」把門打開，我跟他出去。

一個保管財務的人把我的東西還給我，警官叫我進電梯。我們又到了宓善樓的辦公室。

善樓坐在他辦公室後面。

柯白莎，看來冷酷得像一隻牛頭犬在守著她的骨頭，坐在房間邊上的椅子裡，在她身旁坐著一個臉無表情，眼光銳敏的傢伙。

柯白莎介紹他說：「孫西選，我們的律師。」

西選和我握手。

善樓開口道：「我們先把這件事弄清楚。我對這個人根本沒有挑剔，我認為他喝醉了。照他所供說的，除了喝醉不可能有其他原因。是我命令要他留置在留置室，但是，我們不斷有人去看他，說好只要他有徵象稍稍好一點，可以安全轉移的時候，就轉移他到好一點環境的地方去。」

「但是他們忘記去看了？」西選說。

「我們沒有忘記。」善樓說：「不可以用這種說法。只是我們人手少，事情多。

你們要知道，我正在辦一件謀殺案，我已經二十四小時沒有睡了，只能打個瞌睡。」

我對孫律師說：「有一件事可以證明他是故意的，而不是事忙忘記了。早上大家被叫出來上法庭的時候，他們不讓我出來，把我推回去，說我太醉了不能出庭。要不是你來，我還要在裡面待二十四小時。」

善樓急急地說：「這件事與我無關，那是管留置的人的決定。我根本不可能給他指示或是暗示。我只是要他們在你清醒前不要隨便讓你出來。」

善樓轉向我說：「唐諾，你為什麼要對我怨恨？過去我一直罩著你，現在，只要你願意，我也一直可以和你合作的。」

「怎麼突然又友好起來了？」我問。

白莎指向善樓桌上一堆公文，「因為普伊蓮寫了一大堆的自白，有關她所做的一切都寫下來了。」她說：「伊蓮是由希嘉露請出來到我們辦公室去的，目的是去偷一張信紙，我們的信頭部份要用手撕下來，以後可以核對。命令是信頭要留在抽屜裡，信紙拿回去給希嘉露。

「她去我們辦公室，東謅西謅直到有一個機會完成了任務。她把信紙交給希嘉露，她交給嘉露時信紙是空白的。後來的內容是希嘉露加上去的，信的內容普伊蓮不知道。」

「希嘉露現在怎麼說？」我問。

「希嘉露和陸哈登目前不見了。」孫律師說：「找不到人了。」

「我們會找到他們的。」善樓保證地說。

「目前，」孫律師說：「我們要討論你的事，賴先生。人權協會對警察暴行十分感到興趣，認為是極嚴重的問題。為了要迫你講話，把你拋進什麼醉貓窩去，這件事至少可以把宓善樓送回到十字路口去打太極拳，做交通警察。」

「你給我少開口，」善樓對律師說：「我和白莎有很多年交情，我和唐諾也十分友好。他們不會做你說的那種事的——對一個警官不客氣。他們知道有的時候因為立場不同，意見也不會一致。我們各有職責，他們公正、懂事，希望你和他們一樣。」

孫律師說：「我們可能在民事上要求十五萬元的賠償，並且要求委員會展開調查。」

善樓對白莎說：「白莎，我們不是一直很友善的嗎？」

「一直是友善的。」白莎說：「近來你說話語調不對，而且舉止也乖張。」

「你和我一樣明白，一家私家偵探社，要是和警方作對，可以說是沒得混的。」

孫律師說：「記住你說過這句話，記住你說過這句話，我認為這是恐嚇，這是威脅。你希望他們受你恐嚇、控制，而不敢告你。」

「這不是恐嚇，」善樓說：「我只是指出一件事實。」

「告訴我，普伊蓮的自白哪裡來的。」我問白莎。

善樓說：「這哪算自白，極可能一毛不值，據我看這是在嚴重威脅下強迫她簽字的。」

「我怎麼可能嚴重威脅一個人？」白莎說：「我只是一個老百姓，我又不是便衣刑警。」

「一點威脅也沒有，」孫律師說：「原文的正本在我辦公室裡。今天早上八點鐘，這些自白由普伊蓮親自簽字，由我做的公設公證人，當場宣誓使之合法化的。我特別問到有沒有什麼不是出於自願、有沒有恐嚇、威脅、條件、利誘，所有她所陳述的，都是我的秘書打字打下來的。」

善樓說：「當然，這些文件使唐諾在希嘉露這件案子裡清白了一些，對警察來說，本來也沒有人告，不關我事。」

「破壞名譽、不加調查就定人以罪、不正當逮捕、警方不正確報告，」律師說：「甚至可以說想引導希小姐誣告我當事人。現在你想賴，賴得了嗎？」

「好了，好了。」善樓說：「再加些罪名。我怕你，好不好？你們想要什麼，說吧。」

我向律師使眼色，「暫時，」我說：「我不想再和宓先生在這裡弄得不愉快。此後，我們反正隨時可以提出告訴，你是律師，你應該和他的律師接觸，不必直接和他自己鬥嘴。」

「再說，我認為我們付諸行動之前，應該大家先有機會冷靜地思考一下。」

我給孫律師眨一下眼。

孫律師立即站起身來，「賴先生，」他說：「既然你如此認為，我就照你說的做。我們反正已經向宓警官表達過我們的意志，我們也保留我們的權利。我認為你要立即接受醫院檢查，極可能你臉上的抓痕已經發炎了。」

「根據普小姐的自白，現在一切已清楚。這一切是由希小姐設計，自導自演，對你設好陷阱，破壞你名譽，使你停止對她某些方面的調查工作。」

善樓說：「等一下，你想從花裡面擠出血來，是不可能的事。我是個警察，我一毛錢沒有。那希嘉露是個社會名流，你們為什麼不向她去開刀，要盯住我不放呢？」

「我們不會饒過任何一個人的。」孫律師說：「我們根本也無法排除你和希嘉露之間是否有什麼勾結，極可能我們告希嘉露的時候，你是共同被告。當然，在非法逮捕、惡意迫害及濫用職權案子裡，你一定是主角的。」

說完這些，律師大步走向房門，把門打開。

柯白莎像大船進港似地走出門去，我立即跟上。

宓善樓坐在辦公桌後，手中拿起普伊蓮自白書的影本，臉色像是消化不良。

在走道中，柯白莎看我一眼說：「老天，你真難看。」

「我是一團糟。」我說：「我要回家洗澡。」

「你不要和任何人講話，」孫律師對我說：「記者會問你，我們控告警察的事。

對所有人，你都告訴他你有律師代表發言。」

柯白莎說：「除非必要，我們不會真去告人。我們只是讓善樓不要管我們閒事。」

「你說不告善樓，我不在乎。」孫律師說：「那希嘉露可是千載難逢呀！」

我說：「我回家去，我要脫掉這些衣服。我要洗澡、洗頭、刮鬍髭。」

「連上帝也知道你該快走了。」白莎說。

孫律師說：「建議你今天不要去辦公室。我也建議你們兩個人，對什麼人都不見。」

「我的確也不會接見任何人。」我說。

我們走下來，來到大門口。孫律師和我握手，先走。

我轉向白莎，「我要躲一陣子，」我說：「我每隔一下子會打電話給你，看有沒有什麼新發展。不過連你，我也不會讓你找到我在哪裡的。」

「千萬別再惹事呀。」白莎說：「孫律師看來不錯——但是我們如履薄冰呀。」

「普伊蓮怎麼會招的？」我問。

白莎說：「從你對善樓所說的話裡，我拼拼湊湊知道了事情的一個大概。我走去那女人的公寓，她不在家，我等到清晨一點鐘。她進門，我跟進去修理她，到兩點鐘，總算她服貼了。我把她帶到一個旅館去，一晚不給她睡。一早又把孫律師拖起來，他把他秘書拖來，紀錄普伊蓮的自白，這樣才能擺平宓善樓。」

「你到底花了什麼功夫把普伊蓮擺平的？」我問。

「也不算太多。」白莎說：「她開始就想反抗我，我給了她一個過肩摔。」

我說：「萬一她身上有烏青，她可以——」

「別傻了，」白莎說：「以為我不知道？我把這小婊子過肩摔在床上，我坐在她胃上和她談話，一坐一小時，她就招了。」

第十五章 特別調查員

足足花了我很多時間在浴室裡，才使我自己認為洗乾淨了，可以見人了。

我洗了頭，刮了鬍髭，把自己泡在浴盆裡。我知道自己身上不會有味道了，但是，每次只要我聞到比較強一些的味道，心理上立即反射地覺得自己身上仍有醉貓窩裡的味道。

我實在也太累了，但我還是開車來到任加同的辦公地點來。

那美麗的秘書在當班，這一次她頗有效率。

「賴先生，你早。」她說：「你和任先生有預約嗎？」

我說：「今天沒有約定。不過我來不是來見任先生的，我是來見蓋先生的。」

「喔！要見蓋先生一定要先有約定，否則——」

我直接走過她，一下子打開門上標著蓋莫明的辦公室。

她跳起來，跟著我後面跑過來，「不可以，不可以。」她說。

蓋莫明自辦公桌後向上望。

他是個大個子、寬肩、灰髮，很強壯，衣服合身，雄糾糾的男子。

他大概四十歲，尚還可以稱雄捽角場。看到我進來，他問：「洛琳，怎麼回事？」

「他硬要進來。」她說：「他……」

蓋莫明站起來，把椅子退後，「我來處理。」他說，繞過寫字檯，快步兩下，「我來把他捽出去！」

洪洛琳說：「他叫賴唐諾，他前天來這裡看任先生！」

蓋先生中途止步，一手握住辦公桌的一角。他說：「姓賴，嗯？」

「姓賴。」我說。

「你出去，把門帶上。」他對秘書說：「我自己來處理。」

門被關上。

蓋莫明在向我，用穩定、生氣的灰眼珠看住我。

「好，姓賴的。」他說：「你在亂搞什麼？」

「我認為我在保護我的當事人。」我說。

「好吧，你出去，留在外面辦公室裡，等你的當事人請你，你去保護他，不要闖到這裡來。」

「錯是錯在我相信這個騙局。」

「什麼意思？什麼騙局？」

我說：「千萬不要死不認輸，我一開始就覺得有點不對。我只是想校對一下，所以我進了任加同的辦公室，我在他辦公桌的金屬面弄到了指紋，和我在汽車旅館裡弄來的比較。我得到一個完全吻合的指紋，自然我認為任加同確是去過那旅館房間的。真正的真相，在突然發現這些不是任加同的指紋時，我才開始明白。」

蓋莫明仔細看著我，很久，然後走回桌子後面，坐回他的迴轉椅上去。

「賴，坐下來談。」他說。

我說：「極可能我們的時間不多了。」

「為什麼？」

「千萬別以為警察是笨伯。」

「你去找過警察？」

「警察來找過我。」

他打開抽屜拿出一本支票簿，拿起鋼筆，指向支票簿，他說：「好吧，多少？」

「我只要真相，可以開始工作。」

「有點錢在身邊，總是好的。」

「我只要真相，可以開始工作。」我重複。

他放下桌上用的鋼筆，把支票簿合起來，說：「我是個鰥夫。」

我點點頭。

「我也是男人。」

我又點點頭。

他說：「我在酒廊見到貝夏濃。她很好看，我喜歡她，我們一起出遊。」

「多少次？」

「有關係嗎？」

「也不見得。」

「好吧，」他說：「我們一起出遊。週六晚上，她下了班，我們一起去吃飯，又一起去親親汽車旅館，由她去登記。要知道，我在這裡認識我的人不少，我躲在車裡不出來。她登記成舊金山來的浦加同，拿到鑰匙，我們去房間。

「我們叫了冰和杯子，那旅館偵探不知如何起了疑心，是他自己把冰送進來的。」

「你認為不太妥？」

「也不見得，那旅館，我是他的抵押第一順位債權人，應該是用來賺錢的，不是生氣的。我在事過之後要請他們開除這偵探。事實上，這種旅館要什麼安全部門？」

「之後發生什麼了？」我說。

「有人敲門。」他說。

「什麼人？」

「賴，這一切你最好不要去過問。」

「我一定要知道，你說下去。」

「夏濃前去開的門。一個男人站在門前，他自口袋中拿出名片盒，自己介紹他是龍飛孝，說是助理地方檢察官。

「我認為他是找我的麻煩，老實說，我都不知道應該怎麼辦——對他說我自己是什麼人，叫他少來管我閒事，還是不吭氣，等他來主動，最後決定由他開口，看他玩什麼把戲。

「結果發現他只看我們的表面，他相信我們是舊金山來的浦先生、浦太太。他一再道歉說他正在調查一件十分重要的案子。他說這件案子的一個重要證人在隔壁一間房裡。他說那證人等一下會有一位年輕男人來看他，他要和這兩個人談話，他說他目前不可以現身，要求我們准許他坐在我們房間，自窗子向外看。」

「你們怎麼說？」

「我們能怎麼說？我們告訴他，我們不在乎。我們又問他要不要來杯酒。他說他不要，於是我們三個人就坐在那裡，我們假裝舊金山來的浦先生、浦太太，我們說我們累了。」

「於是怎麼樣？」

「一小時之後，他一再謝我們，說是要走了。」

「又如何？」

「我對整個事情想了一下，越想，我越覺得不對勁。我叫夏濃自己用計程車回去，我自己就開車回家。」

「什麼時候？」

「大概是早上兩點鐘。」

「之後如何？」

「第二天我聽到龍飛孝被人謀殺了。我當然知道警察會清查當晚在每一幢房子裡的住客。我不知道龍飛孝有沒有告訴過什麼人，當時他在我們房子裡待過。我不敢冒這個險，我認為世界上只有一個人，我可以無條件的相信。」

「我打電話跟旅館說是我要繼續租那幢房子兩天，我用專差把租金送下。」

「為什麼那麼麻煩，要留下同一間房子？」我問。

「當然是希望警方認為住在裡面的一對，就是當晚的一對。」

「如此說來，你女婿從來沒去過那旅館？」

「沒有去過，連夏濃，他也只是見過面而已。」

「這件事夏濃要求多少？」

「不多。目前不多，此後她會要很多。」

「你會付她？」

「我會付。」

「你認為發生了什麼事了？當然我是指龍飛孝。」

「我不知道，我也不想知道。我對這件事一點也不想知道。」

「你麻煩可大了。」我說。

「你沒告訴我什麼我不知道的。」

「我死盯活盯，現在自己盯出毛病來了。」

「有多大毛病？」

「毛病大得不得了。」

「你的臉被抓破了。」

「我臉被抓破了，肚子給打扁了，下巴在痠痛，還在警察局被關了一夜。」

「你來這裡幹什麼？」

「我們偵探社最大的政策就是保護客戶，即使客戶對我們言而未盡，即使客戶未曾誠實對我們，只要付訂金即成客戶，只要是客戶，我們就要保護。」

「這件事，我自己感到很抱歉。」

「我們也替你覺得有不對。」

「你還能幫我什麼忙？」他問。

「盡可能不把你混進去。」我說：「不過我一定要知道全部真相。」

「我已經把一切告訴你了。」

「你女婿說得可也像是真的。」

「最重要部分是我自己想出來的。」

「警察認為我不合作，準備吊銷我執照。」

「我有不少政治影響力的，目前不能直接出面來辦這件事，但是當重新登記的時候一到，你就不必擔心的。」

「目前怎麼辦？」

「我們彼此都有要擔心的事，我們互相幫助。」

他又把桌上鋼筆拿起，寫了一張支票。

他把支票撕下，交給我。

支票票面是五千元的。

「不要怕開支，賴。」他說：「我也不會在乎你以後的帳單。這個暫時給你開支和算你們的服務費，以後會有更多的。」

我把支票放入袋內，和他握手。

「你能使我不曝光嗎？」他問。

「不知道。」我告訴他：「我們盡可能令客戶感到滿意。」

「好吧，我是你的客戶，你別忘記了。」他說。

「我現在記得更清楚了。」我說，走向辦公室門口。

蓋莫明一下把門拉開，提高聲音地說：「年輕人，我喜歡你的風格。我喜歡你的腳踏實地與勇氣，但是我實在不想使你我兩人都浪費時間。再說，我的女婿任先生，他會對你的一切建議有興趣的，以後你來，不可以不通知我秘書逕自進來，你明白了嗎？」

「是的，先生。」我昂首向前，但只能自己維持到走出他們的辦公大廈。

我儘可能的快，開車來到地方法院。

被挑出來接替龍飛孝助理檢察官，也就是出庭代表人民起訴的，是包赫高，他倒是盡了全力希望能把這件事辦好。

沒有什麼突破。

被告葛史旦自己在證人席上，看來陪審團對他印象不錯。

他看來誠實可靠，有才智，是個好演員。大家對他有「他也希望公正」的感覺。

他陳述，對他太太的被殺遺憾萬分。即使他和他太太感情不好，已經到了要離婚的程度，但是他對她本人還是很敬重，期望仍舊是好朋友的。一切原因，都是起於婚前及新婚時的憧憬已漸漸消失而已。

他承認他想保護他的女朋友，寇瑪蓮。主要的原因是怕記者們在各種媒體一宣傳，引起不必要的困擾；也因為如此，他在警察開始調查時說了謊，說命案發生的時候，他和他太太之外沒有別的人在公寓裡。

事實上，他是去告訴他太太，他想要離婚，請求她對這個問題正式的考慮一下。

他說他準備在財產方面給她非常合理的安排。

他說他看錯了他太太。他以為她會看清那麼許多個月不在一起生活，婚姻已經完了，她會知道重圓是不可能的。

相反的，她為此大為激憤，變成歇斯底里反應。葛史旦說她從抽屜裡拿出一把手鎗，要射殺寇瑪蓮，瑪蓮向家外逃去，做丈夫的抓住他太太，問她到底想做什麼。他說，看到太太已經到了不可理喻的瘋狂程度，就重重地打了她一下耳光，希望她能正視現況。但她把鎗指向他，就要開鎗。鎗彈經過他手臂，他抓住了那把鎗，他掙扎著扭動持鎗的手。在過程中不知如何手鎗走火，把她打死了。他對這一切遺憾萬分，但是一切也都在自己無能為力狀況下發生的。

葛史旦泰然自若地慢慢陳述。對這悲劇結果，一再的自己表示歉意。他指出自己是有血有肉的健康男子，說他太太冷感，迫使他在外面找尋其他的友情；而當他真的遇到了相處使他非常快樂的寇瑪蓮之後，她又扮演了堅拒離婚的角色。

寇瑪蓮是本案的共同被告，坐在她律師身旁，向上看著她的愛人在證人席上，不時點頭表示他說的是事實，不時低下頭來以手帕拭著眼角的淚水，但都是立即抬起下巴，全心全意地看向他的眼睛，在在表示著終於她不在乎拋頭露面，因為一切是那麼自然，那麼正常，也不值得感到羞恥。

整個法庭的氣氛，有經驗的律師已經瞭然了。對起訴的地檢官來說，最好的就是陪審團無法做出決定，本案就此懸擱。要使本案判定被告有罪是不可能的了。無論如何，這一庭審完，被告等是會當庭開釋的了。

證人很戲劇化地結束了他自己為自己作證的程序。

「請詰問。」被告律師說。

包赫高起立，開始問出一大堆的問題。

葛史旦接受他每一個問題，答案都是全壘打。他坦承瑪蓮是他情婦，他們互愛，他們想正式結婚，他們期望永久的快樂。他曾希望他太太去看醫生，查查看為什麼她越來越冷感。她一直拒絕。她已久久不肯做太太應做的，破裂是她一手造成的，這一切都在寇瑪蓮出現很久很久以前的事。她鼓勵他出去自找快樂，她嘲笑和蔑視他的一切天生慾望。

包律師一時發急也沒有用，他自己知道，所有在法庭中的人都知道，陪審團每一位陪審員也知道。

法官諭知休庭十五分鐘。

我急急推開人群來到包赫高的前面，「我可以和你談一下嗎？」我問。

包律師望向上，「談什麼？」他問。

「談這件案子。」

「這件案子的什麼？」

「我有內幕消息。」

「那可以。」他說：「跟我來。你是什麼人？知道些什麼？」

「我姓賴。」我說：「我是個私家偵探。我知道得不多，但是我有預感。」

「預感有屁用！」

「我的預感有部份證據。」

「你該去警局，他們是調查單位，我只負責出庭。」

「我去過警局，他們認為我是湊熱鬧的。」

「那一定有道理的。」

「好吧，」我說：「你替我問證人一個問題。」

「不一定，你說說看。」

「你問他，」我說：「他認識希嘉露嗎？」

包律師眼中閃出亮光，「你是說，他和她也有關係？」

「我不知道。」我說：「問他是否認識她。再問他，他是不是參加過一個聚會，希嘉露和希嘉露的朋友也在場，在這場合裡，大家提起了他的婚姻觸礁問題，曾經加以討論。再問他，寇瑪蓮是否也在場。問他有沒有人提到，要是他太太不同意離婚，可以把她殺了。」

包律師眼中閃出火光來，有如新年來到，大家在玩的爆竹。「這些你能證實？」他問。

「沒有，」我說：「你能。」

他搖頭，所有火光熄滅。「沒有證據，我連這種問題都提不出來。」

我說：「你要求一次延期再審，我就有辦法弄到證明。」

「我沒有辦法延期。」

「你大概還可以不斷用詰問拖多久？」

「久不了。」他說：「老實說，對這個證人，我不太可能有突破。他們很可能也會把寇瑪蓮叫上證人席來，我希望寇瑪蓮不會那麼老練。」

「你對葛史旦沒什麼辦法。」我說：「每問一個問題，反給他一個機會，陪審團對他更信任。」

「我難道要你來告訴我這些事？」

「你要有人幫你。」我告訴他，轉身走開。

「等一下，賴，我倒不是嫌棄你，但是我自己被困住了。」

「我知道你被困住了。」我說。

「我不能問他這一類問題，除非我有足夠的背景支持。有陪審團在前面，問這樣的問題，叫做和本案無關，也不專業化，好像我不懂法律一樣。」

「好吧，」我說：「問他他和寇瑪蓮出去的次數，去那些地方。」

他平攤雙手表示投降，「有什麼用？他們都承認，他們以此為榮。他們說這是真愛，陪審團裡有不少鴛鴦蝴蝶派的女人恨不得立即叫他們當庭擁抱呢。」

「好吧，」我說：「你至少可以問他們，有沒有兩對男女一起出遊過，可以嗎？」

「是的，這我可以問。」

「然後，你可以問他是否認識希嘉露。」

他把眼睛瞇起，「不行，我不能問。我不能指名道姓——我沒有證據作背後支持呀。」

「好吧，」我說：「你等著打輸這場官司吧，我總是想過幫你忙了。」

我離開他走開，這次他沒有留住我。

開庭的時間一到，包律師繼續對證人——被告葛史旦自己——詰問。

這時候葛史旦知道勝算在握。所有指控律師能給他最具打擊性的問題，都已經問過了。他充滿信心，等候最後一刻勝利的來臨。

高潮已過，法庭裡氣氛平靜，陪審團一定會把此案變成無法判定有罪，釋放已在鬚眉之間。一切只等過幾分鐘寇瑪蓮也上台虛應一下故事而已。

法庭大鐘到了十一點半。

假如包律師在中午休息前，沒有問題再要詰問，一切都將結束。假如他硬想拖過正午，所有的人將不再聽他胡謅，陪審團將更對被告同情。

他知道，證人也知道。

包赫高看看時鐘，他說：「報告庭上，快到正午了，是不是下午再繼續？」

「我們還有二十五分鐘時間。」法官說：「進行。」

包律師轉身向後面，他看到寇瑪蓮臉上微微的勝利的愉悅。他看到我，突然他轉身對葛史旦說道：「那些你們兩個人的約會，那些你和瑪蓮偷偷摸摸的旅行，都是兩個人，只有兩個人，沒有別人參加的嗎？」

「什麼意思，我和寇小姐兩個人？」

「不是，我的意思是問你，你們出遊時，有沒有四個人一起出去玩？你們之外另外有一個朋友和他的女朋友？」

葛史旦一本正經地說：「我們的友誼，包先生，不是週末偷偷摸摸的性遊戲，我們的交往有愛情存在。我們不希望別人參與其中，有如大家不喜歡朋友住進自己的寢室。」

包律師大大喘一口氣，他問：「你認不認識希嘉露？」

證人突然像觸了電，楞在那裡。「我……我——認識。」

「你們兩位，任何一次約會中，有沒有見過希嘉露？」

「我認識太多人，也時常見到不同的人。我並不……」

「回答我的問題。在你們多次約會中，有沒有遇到過希嘉露？」

「我……我想有過。」

「把那次遇到的情況說出來聽聽。」

「等一下。」辯方律師好整以暇地站起身來說：「報告庭上，這個問題不是正當的詰問，這個問題離開直接問話時問到過的範圍太遠。事實上，這是與本案無關，不切實際，沒有意義的。」

包律師道：「證人已經形容他與他情婦約會的性質，我當然有權詰問他這一點。」

「法庭暫時同意，證人回答問題。」法官裁決道。

「你要知道我在哪裡見到她？」葛史旦問。

「你在哪裡見到她？」

「假如你的目的是如此的話，」葛史旦道：「我和你提到的女人沒有什麼感情的糾葛。」

「我只是問你在哪裡見到她？」包律師道。

「突然問這個問題，還真不容易回答。我沒有想到遇到一個人，日後會有人詰問的。」葛史旦說。

包律師做了一個非常巧妙的動作。他自褲子後口袋抽出一本記事本，用手指撥著一頁頁向下翻，然後停在一頁上。「事實上你見過她很多次，是不是，葛先生？」

葛史旦猶豫了，「是的，是的……我相信是的。」

「事實上，至少有一次以上她是帶了她的男朋友的？」

「她進出總是有人保護著的，」葛史旦說：「她是個非常漂亮的女孩子。」

「你和寇瑪蓮有沒有一起坐過她的汽車？」

「有。」

「不是三個人在車裡吧？」

「反對，」辯方律師說：「這不能稱為正常的詰問。不切實際，與本案完全無關。」

「駁回。」法官簡短地說。

證人現在鎮靜不住了。他在出汗，他怕了。

「不是，另外還有一個人。」

「男的還是女的？」

「男人。」

「希小姐的護花使者？」

「是的。」

「那一次你們是去哪裡？」

「我……我記不起來了。」

「離開城市而去嗎？」

「我相信是的，是的。」

「你是不是在說，那一次你們住的汽車旅館是什麼名字，你一時記不起來了？」包律師問。

被告律師又站起來：「報告庭上，這是不正當、不合適的詰問。這些問題問出來的回答，與本案沒有關係，完全不切實際，多此一舉的。檢察官的目的只是在想辦法破壞被告的形象。本案唯一可以指責被告的，是他和共同被告寇瑪蓮之間不得已的苦戀。這一點被告自己已經承認，解釋得非常清楚了。我認為這一類問題可以不必再問，以免影響我們腦子雪亮的陪審團成員。」

包律師說：「證人才在兩分鐘之前作證說，他和他情婦約會時絕不希望有別人介入，有如大家不喜歡寢室裡住進人來一樣。」

「那不是在直接問話，而是在你詰問時回答的。」辯方律師說。

「什麼時候回答的，我一律不管。」包律師說：「詰問的目的，本來是給我挑剔證人證詞的權利。」

辯方律師無奈地看向掛鐘，「請庭上注意一下，現在離開午間休庭只有幾分鐘的時間了，我想仔細研究一下，查查法律書對這一點的看法。下午再開庭時，我會報告我研究結果的。」

「好吧，」法官說：「此刻我們開始午休。下午兩點我們再開庭。在此段時間內，我要警告陪審團中各位先生女士不可以互相討論這被告和共同被告是不是有罪，也不可以和任何人討論這案子，也不能允許其他人在你面前討論這件事。」

法官起立，慢慢回自己的辦公室去。

包檢察官推開眾人。

「賴，」他興奮地說：「我要和你談話。」

我跟他進入另一間小房間。

「你觸對地方了，」他說：「這件事夠他們忙了。我們必須要有更多的資料，現在停不下來了。我們要更多資料！你去警局，你——」

「我去警局會被他們丟出來。」我說：「他們不歡迎在謀殺案當中有私家偵探在瞎搞。」

「那你要怎麼辦？」

我說：「我要你打電話給我的合夥人，柯白莎。我要你委任她為地檢處的一名臨時調查員。」

「又如何？」

「於是，」我說：「柯白莎有權對希嘉露下功夫。」

「去你的！」他說：「你把我拖進一堆爛泥潭裡去，我不跟你走也不行了。」

「本來是你自己引出來的亂子。」我說。

「我被迫的呀，我不提，一切都洩氣了。現在——現在我很後悔，我照你方法提這些問題。」

「好吧，我們只有兩小時零兩分鐘可以工作。你可以委任我為地檢處特別調查員，使我多少有點立場。你可以用電話來委任柯白莎，我們來試試看。假如我們仍以私家偵探來辦案，就沒有如此方便了。」

「當初你為什麼不替警方去辦這件事呢？」

「因為，」我說：「警方不要我替他們工作。」

他又猶豫了一下，深吸一口氣，「柯白莎的電話號碼怎麼打？」他問。

第十六章　作證

包檢察官憑他的權力，立即知道希嘉露目前正在「找不到」的情況。沒有人知道她在哪裡，警方曾多方詢問過，不過也只是虛應故事而已。

陸哈登，是個成功的商人，是炒地皮的，正離城出差去了。他的辦公室無法告訴地檢處他到哪裡去，也聯絡不上他。

包檢察官看向我。

我說：「我們來試一下普伊蓮。」

「你認為她知道他們去哪裡了？」

「他們有兩個人。」我說：「她也許知道其中之一在哪裡，再說——」

「好了，夠了，」他打斷我話說：「反正沒有其他線索，死馬當活馬醫，我們去試一下。」

地檢處的車子用閃光打破一切交通規則，在離開法院大廈十二分鐘正的時候，我們已在敲普伊蓮的房門了。

她穿著一件透明的長袍，身後來的光線照到她袍內的陰影，顯然的長袍之內只有她得選美獎的軀體，其他什麼也沒有。

我們推開她走向房裡，她只好靠邊後退。

「賴唐諾！」她大叫道：「我以為——你怎麼可以——」

我說：「我是地檢處的人。首先我們要知道希嘉露在哪裡。」

「我不知道，我沒見到希嘉露。我不要見她，我沒有臉見她。」

「為什麼？」

「那個可怕的女人叫我寫了一張不確實的自白書。」

「哪一種自白書？」

「你知道的——從你桌子上拿出一紙信封。事實上根本沒有這回事，我也正要見你，告訴你一件極端機密的事。」

「什麼？」我說。

這時她口齒伶俐油滑起來，「我不想提名帶姓，」她說：「不過我現在情況又必須要如此。那陸哈登和他老婆合不來。她想抓他小辮子，她請了一個私家偵探，捉住我，要我說出來和陸哈登常有週末的私會。」

「你說了沒有？」

「我說我怎麼會做這種事。我和陸哈登根本也不太熟。他曾經有一段時間和我常在討論一宗房地產買賣，他一直是規規矩矩的。」

「之後如何？」

「之後，之後……這個胖肥婆闖進來。說我去看你根本不是想請你做什麼保鏢。我去找你只是要偷張信紙栽贓。我否認，那兇女人把我摔在床上，把自己撲上來坐在我肚子上。

「她壓住我肚子，我根本無法呼吸。」

我看向姓包的，看到他已經對整個事件失去興趣了。我說：「這些事你對希嘉露都說了嗎？」

「我和希嘉露不是很熟悉的。我和陸先生是因為生意認識的。至於希露嘉只是一兩次宣傳性的聚會遇到而已，見面的話是會認識的。」

「你不知道她現在在哪裡？」

「當然不可能知道。」她說：「兩位紳士，我要告訴你們，我現在正想要洗個澡，我也在等一封電報——你們當然也看得出，我現在這種穿著，不合適接待你們。」

「好吧，」包檢察官說：「我們一定要在下午兩點鐘之前找到希嘉露或是陸哈登兩個中任何一個。你有什麼消息可以告訴我們，讓我們找到他們嗎？或者什麼人可能知道嗎？」

「一點點概念也沒有。」她說：「我也不想再和這件事有任何關聯了。假如你們堅持仍舊要留在這裡不走，我就只好請我的律師來了。」

門上出現用拳頭敲門聲。

普伊蓮猶豫了。

我把門打開。

柯白莎邁步進入房間來。

普伊蓮一看到柯白莎，就後退著要進她的臥室。

我對普伊蓮說：「我們要先看一下你的臥室才肯離開，只是確定一下裡面沒有別人。」

於是我轉向包檢察官：「這位就是柯白莎了。」

柯白莎把雙手放在屁股上，瞪視著普伊蓮。

「當然不可以。」普伊蓮說：「首先，你們根本沒有權利闖進到我家裡來。我沒有邀請你們進來，沒有搜索狀，你們根本也沒有權利來看我的臥室。」

我對白莎說：「這女人說她的自白，有關等在我們辦公室的目的是偷取一張信紙，完全是虛構的。是你屈打成招下她照你意思說的。」

「喔，是這樣的嗎？」白莎說。小圓眼滾啊滾的。

「我應該得到保障的，」普伊蓮說：「你們兩位紳士，你們好像至少有一位是來自地檢處的，你們代表法律，我要求保護——」

「我們先看你的臥室，」我說：「然後——」

她把自己護住了臥室的門，雙手雙足向外伸開。她說：「沒有搜索狀休想！你們有搜索狀嗎？」

包檢察官說：「沒有，我們沒有搜索狀。看來我得請求你大方一點——」

「搜索狀個屁！」白莎說，大步向前，用一隻肥壯的右手臂一揮，把普伊蓮整個人移至一旁，順勢一拉，普伊蓮在房內轉了半個大圓圈。

她打開臥室的門。

她說：「喔，小親愛的，你最好穿些衣服。外面有兩位紳士想和你談談。」

普伊蓮這時才大叫出聲。

柯白莎走進臥室，過了一下，帶出來的是希嘉露。希嘉露正一面急急地在拉上衣服的拉鏈。

「這一個是不是你們在找的人？」白莎說。

「就是她。」我說。

希嘉露對我說：「賴先生，看來這裡面有一些誤會存在。這件事說來，我沒有對你怎麼樣呀。」

我說：「我現在要弄明白的是上週六的事。上週六你去親親汽車旅館，你登記，你住進一間房子，你等陸哈登的來到。陸哈登來了不久，龍飛孝進來了，他告訴你們他自己是什麼人，給你們一張傳票，要你們出庭，之後怎麼樣？我要知道的是——之後怎麼樣？」

「我不知道你在說什麼。」她說。

「那麼你最好快一點知道。」白莎說：「我也是從地檢處來的，你要跟我走。」

「你不能捉我。」希嘉露說。

「憑什麼不可以，」柯白莎說：「你要再穿點東西，還是我們現在立即就走？」

她轉向普伊蓮。她說：「至於你，你這隻會說謊的小婊子，你要是敢把宣了誓做下來的口供反悔，我把你從漂亮的臭皮囊裡血淋淋地拉出來！」

我對希嘉露說：「這件事不能開玩笑，這是件謀殺案。你現在下決定，這位包檢察官可以算你是證人，也可以算你是共犯，拿你一起開刀。」

柯白莎說：「你是一隻漂亮的母狗。你只要年輕，就可以用你的外型要什麼有什麼。你試試到女牢裡去待上十年，那裡只有澱粉食物充飢，強迫你過單人生活。出來的時候你還會有什麼？」

希嘉露說：「那是一場大誤會——是一件意外。」

「什麼意外？」

「龍先生。」

「你最好據實告訴我們。」我說。

她開始哭泣。

白莎說：「把這些眼淚早點擦擦掉，親愛的，早點說出來。我們時間不多，這些男人也許對你的眼淚同情，在我看來不值一毛錢。」

希嘉露的眼淚說停就停，有如自來水龍頭被關上。她變成冷酷，臉上雪白，她怕了。

她說：「我不知道龍先生怎麼會查到我們這一段。我、陸哈登、葛史旦和寇瑪蓮老是四個人一起出遊的。哈登和葛史旦是好朋友。哈登一定要掩護好自己，因為他太太在找證據要離婚。哈登和葛史旦往往會假稱一次商業旅行，他們一走，寇瑪蓮就會來接我一起走。」

「星期六晚上發生什麼事了？」我問。

她說：「我去親親旅館，那裡我和哈登常去。一個小時後，哈登開車過來。才進房子，那個人敲門進來自稱是龍飛孝，是地方檢察官，交給我們一張傳票，指定我們出庭要作證。」

「要你們作證你們四個人常在一起玩？」我問。

「不是，」她說：「作證有關一句在一起時說話的內容。」

「什麼內容？」

「有一次葛史旦心境不好，兩個男人出來玩，每次都必須偽造出差，也不是味道。兩個男人談談就談到了家庭困擾。葛史旦說他太太堅持不肯離婚，他說她會喝光他的血，把他掃地出門。他說不會讓她得逞，他要殺了她。」

「你親耳聽到他如此說的？」

「我親耳聽到，寇瑪蓮親耳聽到，陸哈登親耳聽到。」她厭煩地說。

「什麼地方？什麼時間？」包檢察官問。

「三月二十一日，仙掌珠汽車旅館。」

我看向包，包看向手錶。

包向柯白莎說：「你現在這臨時的地檢處助理，替這兩個女人弄點衣服穿上，把她們帶去法院。這裡有一張即時傳票，寫明要她們下午兩點鐘到法院去做控方證人。案子是加州人民控訴葛史旦和寇瑪蓮。不得有任何延誤。你要注意，任何情況下，不准她們兩個私下交換意見或交談。」

柯白莎抓住希嘉露的手臂，把她推向普小姐的臥房，然後她轉向普伊蓮道：「來吧！親愛的。還要我請呀。只准穿衣服，不可以開口說話，不可以慢吞慢吞，不必裝什麼假睫毛，也不要塗什麼猴子屁股。我們有事要辦，而且要辦得快。」

第十七章　改變證詞

主審的法官在正兩點鐘的時候，坐上他的位子。他說：「這個時間是預定繼續上午未辦完的加州人民控訴葛史旦和寇瑪蓮。現在兩位被告在庭，陪審團在庭。被告葛史旦應該在證人席上，主控官在提詰問。葛先生，你可以到證人席上去了。」

葛史旦在午休的時間，他的律師已經像球員出席前一樣把他訓練了一陣。

葛史旦這次上陣，心中自信心已加強了很多，他走上證人席。

包律師說：「葛先生，你說你和情婦幽會時，從來沒有兩對出遊過？」

「是的。」

「對這個證詞你要不要更改一下？」

「當然不必。」

「葛先生，我現在問你，我要你仔細聽我的問題，是不是事實，在今年的三月二十二日，大概晚上十點左右，地點是本郡的仙掌珠汽車旅社，你和陸哈登登記住在十二號房，而今天的共同嫌犯寇瑪蓮，和希嘉露，登記了住在十三號房。兩個房是相聯，有一道門相通的。當寇瑪蓮、陸哈登、希嘉露都在的時候，由你打開的兩房相通的門。你們一起聊天，之後分兩對分別作樂。是你在聊天的時候，說你太太破壞了你一生，現在要離婚，她的條件又是如何地不合理。你要在她得逞之前先殺了她？」

包律師稍停，立即接嘴，「為了要使這件事的人證、物證、使你心服口服，」他轉身向後說：「我可以立即請法警把現在正在外面等候的希嘉露請進來，當面和我們證人——」

「那倒不必。」葛史旦快快接上，完全不經考慮地說：「我說的語氣不像你所說的那樣。我說我太太正在想榨乾我，正如陸哈登的太太要榨乾陸哈登。這一類女人只是挖金礦一樣。」

「所以都該被殺？」

「我沒有這樣說。」

「你說過在她把你掃地出門之前，你會先把她殺了？」

「我也許說過這種女人該死。但是我絕對沒有說過我真要去殺她。」

「你說過你要殺了她，是嗎？」

「我——我喝了酒，我在生氣。我……我不知道我說過什麼。」

「你記不起來你說過什麼了？」

「老實說，記不起來了。」

「那時你喝醉了？」

「我喝過酒。」

「所以，也許你真的說了你會在你太太把你掃地出門之前，你要先殺了她。」

「我不記得。」

「而你在這個法庭中，你自己說過，你和情人約會的時候，你絕不考慮會和別的人一起出遊。你形容這正如大家不喜歡臥室裡有其他客人。你現在想不想改變一下你的證詞記錄？」

「我……我忘記了那一次的事情。」葛史旦頹萎地說。

「原來你的確有過四個人一起出遊的事實，不過那次印象不深，你完全忘記了，是嗎？」

「我——不是這樣——只是一下子記不起來。」

「你忘記了？」

「有許多……」

「有許多次，你們是四個人一起出遊的？」包律師問。

「是這樣的，陸哈登和我都有相同的困難，我們也常有生意來往。偶爾我們製造一個機會，我們出去，她們——她們後來也跟來。」

「喔！如此說來，你和寇瑪蓮、陸哈登和希嘉露還不止一次，四個人一起出遊囉？」

「是的。」

「而你把所有的都忘記了？」

「我……我確是一下記不起來。」

「所以你在你的證詞裡，說你從來也沒有四人出遊過？」

「是的。」

「那不是真的？」

「不是真的。」

「你是在說謊？」

「是的，我是在說謊。」

「在宣誓要說真話之後？」

「是的！」葛史旦向他咆哮道。

包赫高向法官一鞠躬，「請庭上恩准，我的詰問完畢。」

法官向下看兩造的律師。

「被告葛史旦提證也到此結束。」被告律師說。

「寇瑪蓮部份怎麼辦？」法官問。

另外一位律師站起來，「報告庭上，」他說：「本來寇小姐準備自己站到證人席上做自己的證人，但是基於剛才發生的一切，我們決定也不再提證。被告寇瑪蓮休止。」

「原告有什麼陳述的嗎？」

「有，」包赫高說：「我還要招希嘉露證人席上來。我首先報告，地檢處出了一張立即傳票給陸哈登，無法送達。不過希嘉露的證詞一定可以大部份落實陸哈登要說的。希嘉露作證可能要花一個下午時間，因為她的證詞可以顯露出我可敬已故的同仁龍飛孝的死因。」

法庭裡響起一陣騷擾的聲音。

法官說：「既然如此，現在開始休庭十分鐘。」

第十八章　一千元現鈔

我們坐在地方檢察官的辦公室裡，地檢官滿臉笑容。

包赫高表演得非常謙虛，也退縮在後面，但是不太成功。

新聞記者訪問都已經過去了，記者也都走了。

一位小姐開門進來說：「宓警官來了。」

地方檢察官說：「請他進來。」

宓善樓走進來。地方檢察官皺起眉頭在看他。

「警官，」他說：「我勞你駕過來，為的是要使我的立場非常清楚。

「你一定知道，我們已經在葛、寇謀殺案當中，使陪審團判定他們是有罪的，更進一層，我們也瞭解了龍飛孝死亡的疑案。

和陸哈登。

「事實是龍飛孝發現了情況，使他有必要在週末的晚上，送達一張傳票給希嘉露

「陸哈登傻了，他和他太太正在鬧離婚，他太太正要找可以剝光他財產的證據。像出庭作證，被律師詰問到收到傳票時的時間、地點等等，對他是不利中的大不利。他和龍孝飛爭吵，他跟了龍飛孝走出汽車旅社的房間，他們向電話亭方向走，龍想打一個電話。

「兩個人都在氣頭上，反正談呀談，陸哈登失去耐性，一拳打向龍飛孝。飛孝打回去。游泳池後門上的鎖在掙扎中打斷了。陸哈登推著龍飛孝進入門內。龍飛孝用力向陸哈登揮出一拳，陸哈登退避，龍飛孝失去平衡，前面是游泳池，一定是龍飛孝想像中摔下去也沒什麼了不起，最多濕了衣服，但是沒想到池子是空的，於是他摔下了十呎深，碰到了水泥地。

「其他一切那是事後掩飾的動作，也不必多談。

「我們地檢處感到欠了私家偵探——柯賴二氏私家偵探社——很大很大一筆人情。他們兩位臨時受命，緊急應召，做過我們地檢處的地方檢察官助理。」

宓善樓只是點點頭。

「我認為，」地方檢察官繼續說下去道：「假如早些時，你們警察謙虛一些，稍稍合作一些，這件案子可能早已破了，也不會破得如此戲劇化。我個人不喜歡做秀，我不要選民認為地檢處是故意在法庭上弄得如此戲劇化，像葛史旦和寇瑪蓮這件案子幾分鐘前在這裡所發生那種情況。但是我的確要我的選民知道，我們地檢處個個是鬥士，我們在不眠不休地打擊罪犯。」

善樓無可奈何地點點頭。

「我知道，」地方檢察官又接下去說：「賴唐諾先生怎麼會在你們所謂的醉貓窩裡待了一個晚上——真是十分委屈的經驗。這件事你們是有過失的。不過賴先生很上道，他認為這只是一種誤會。也建議我們這個辦公室，對此事不要放在心上。這一點，也一併告訴你知道。」

善樓又點點頭。

「再有，」地方檢察官繼續說下去：「賴唐諾告訴我，當他因勒索嫌疑被羈押時，有一千元現鈔，自他褲袋中被搜走；那一千元有號碼記下來的鈔票，那些錢是從他私人所有中取下的。這些錢暫時沒收下來準備起訴他的時候的證據。據我知道，準備告他的人現在無意告他了，整個案子也無影無蹤了。」

宓善樓不信地說：「你認為這筆錢應該是屬於這——賴先生的？」

「是從他身上取下來的。」地檢官說。

善樓說：「賴唐諾既然很上道，我看也不會對警方把他關在牢裡這一件事，提出什麼訴訟吧？」

「這可以由我來保證。」地檢官說：「我建議由於上述的事實，由於柯賴二氏看來是一個很高尚的私家偵探社，警方似乎應該在今後他們的案件上給他們方便，不可以故意刁難。

「事實上，當初你如果對賴先生的話稍稍加以注意，或是證實的話，今天這些偵破龍飛孝大疑案的功勞，不都是你的了嗎？也省了在法庭裡經由我們的檢察官用戲劇性的收場呀！」

善樓吞了一口口水，站起來，走過來和我握手，「賴，謝了。」

他走過去和柯白莎握手。「你要我幫忙的時候，只要開口。」他說。

他轉向地方檢察官，「這樣行了吧？」他說。

「行了。」地方檢察官回答他道。

「別忘了那一千元現鈔呀。」我提醒他說。

相關精彩內容請見《新編賈氏妙探之24 女秘書的秘密》

新編賈氏妙探 之23 財色之間

作者：賈德諾
譯者：周辛南
發行人：陳曉林
出版所：風雲時代出版股份有限公司
地址：10576台北市民生東路五段178號7樓之3
電話：(02) 2756-0949
傳真：(02) 2765-3799
執行主編：劉宇青
美術設計：吳宗潔
業務總監：張瑋鳳

出版日期：2023年11月 新修版一刷
版權授權：周辛南
ISBN：978-626-7303-16-0

風雲書網：http://www.eastbooks.com.tw
官方部落格：http://eastbooks.pixnet.net/blog
Facebook：http://www.facebook.com/h7560949
E-mail：h7560949@ms15.hinet.net
劃撥帳號：12043291
戶名：風雲時代出版股份有限公司

風雲發行所：33373桃園市龜山區公西村2鄰復興街304巷96號
電話：(03) 318-1378
傳真：(03) 318-1378
法律顧問：永然法律事務所 李永然律師
北辰著作權事務所 蕭雄淋律師

行政院新聞局局版台業字第3595號 營利事業統一編號22759935

定價：299元

國家圖書館出版品預行編目資料

新編賈氏妙探. 23, 財色之間 / 賈德諾(Erle Stanley Gardner)著；周辛南譯. -- 臺北市：風雲時代出版股份有限公司, 2023.05　面；　公分

譯自：Try anything once.
ISBN 978-626-7303-16-0（平裝）

874.57　　112002539